モヤモヤするけど スッキリ暮らす

岸本葉子

中央公論新社

目次

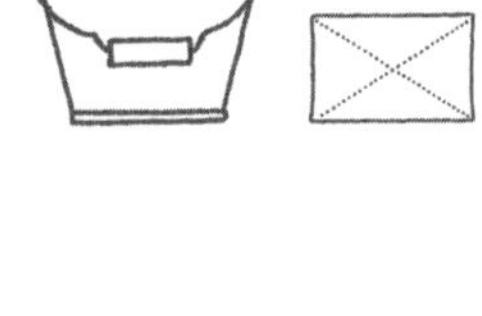

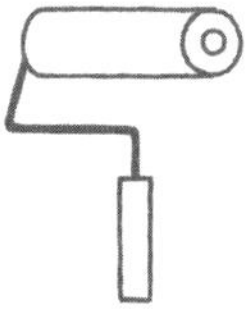

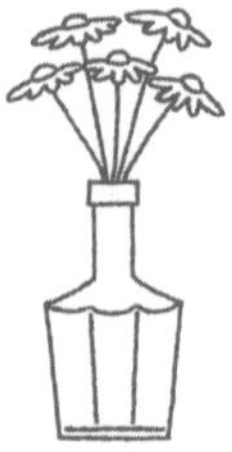

モヤモヤするけどスッキリ暮らす

断捨離しすぎ

新型コロナウイルスの影響で外出が控えられ、この間に断捨離した人は多いのではなかろうか。私も家にいる時間がこれだけあるのは、初めてだ。今手をつけないと、たぶん一生片付かない。そう考えたのが、最初の緊急事態宣言が出た令和二（二〇二〇）年の春のこと。

なくてよさそうなあれこれが目につくが、家庭ごみが増加し収集がたいへんと聞きためらっていたところ、服の宅配買取があると知る。ネットで申し込み、箱に詰めて送るものだ。利用することにした。

送料は無料というが、査定額から差し引かれるのではと思うと、できるだけ多く売りたくなる。まだ着られそうでも、気分に合わないと感じたら箱へ。その春まったく袖を通していないつるりとした生地や派手な色柄のワンピースはほぼ処分対象に。

生活上手な人がインタビューでよく語っているように「今の自分が着て心地よいものだけを選び、それ以外は潔く手放すのが、これからの生き方なのだ」。残ったのは、色、質感とも地味な綿のシャツブラウス、カットソー、ニットなど。

今にして思えば、基準がステイホームに寄りすぎていた。炊事洗濯掃除と在宅ワークが混然とする現場に、よそゆきふうの質感は合わないし、色柄が派手だと落ち着かない。何よりもノーメイクの顔が負ける。

季節が巡り、月にいちど進行役をつとめる俳句番組のお題も秋に。服の色は明るい方が、画面の印象がやわらかくなるといわれ、毎年秋は春物を着る。撮影の前日クローゼットから出そうとし「そうか、ないのか」。ポリエステルのワンピースでピンクのものも、オレンジのものも。

小物で色を明るくすることにし、綿のシャツブラウスにアイロンをかけながら「あのへんのワンピースがあれば楽だった」。小物なしに一枚で用が足りるし、つるりとした化繊はノーアイロンで済む。あまり着なくても「たまの出番」のためにとっておけばよかった。処分したものが後で惜しくなった経験はほとんどないが、今度ばかりは断捨離しすぎたかも。

悔やまずに前へ進もう。着るものに困ってパジャマで出演したわけではない。その回もその次の回も結局なんとかなっているのだから。

週一回のスーパーに

スーパーへ行くのが週一回に定着している。昔アメリカ映画で、巨大なるカートに肉の塊や冷凍ピザや牛乳パック（ガロンという単位をこのとき知った）を山と積んでいるのを見て「車社会の人はこういうまとめ買いをするのか」と驚いたものだが、頻度は同じになった。

カートの中身はまるで違って、魚、野菜、豆腐、乾物などザ・和食。果物や菓子などの嗜好品をおまけ的にプラスする。それらを自転車のかごで運搬。徒歩でも三分だが、腕がちぎれそうになる。

初めから週一と決めたわけではない。魚はストックしにくいので、週の半ばにもう一回行くことが多かった。家での仕事のキリが悪い日が続いた週、あるものでやりくりしていたら、結果的に行かずに済み、それはそれで面倒がなく、味をしめてしまったのだ。

週の後半には品薄感が出てくるが、工夫で乗り切る。魚が尽きたら「これもたんぱく質」と、蒸し大豆と乾物のアミエビを甘辛く煎りつけたり、非常食用にストックしていた缶詰のサバを煮たり。昭和のおかずのようである。

青物が尽きたら、テレビで見た、どこかの山頂の神社のまかないをまね、ニンジンの炒め物と漬物でビタミン補給。徒歩三分にスーパーがあるのだから、富士山の測候所みたいなことをする必要はないのだが、凝り始めると楽しい。週の終わりは野菜室もチルド室もすっからかん。食材の無駄が出ないって気持ちいい！

レシートを見ると、一回がたいてい一万円ちょっと。スーパー以外で購入する米、水などを合わせると、月五万円くらいだろう。ひとり分でこの額をどう評価するか。

三十代の頃と比べると間違いなく高い。読者のかたも、年齢とともにエンゲル係数が上がる印象はないだろうか。よい食材の味を知ってしまうせいもあるし、私の場合、健康問題につまずいてからなんとなく、無農薬・有機野菜、魚は天然、アジの干物も添加物なし、と「体によさそうなもの」をつい選び、粗食なのに食材は高価という逆転現象（？）が起きている。

将来は国民年金なので、この額×頻度が習慣になると、立ちゆかないのは確かだ。いま、そのときはそのとき。今おまけ的に買っているマスカットや輸入チョコレートあたりで、削減できる。そう思うことにしよう。

長尺、シングル、無地、香りなし

トイレットペーパーの長尺タイプの売れ行きが好調と聞く。一本あたりの紙が一・五倍、二倍、三倍などのもの。固く巻くため、直径は通常タイプとさほど変わらない。

好調の背景には、コロナ禍で自宅トイレの使用が増えたこと、買い物の頻度や人数の限られることが考えられるという。通常タイプの生産を終了し、長尺へ完全移行したメーカーもあるそうだ。

私はもとから長尺派。交換の回数が少なくて済む。一・五倍だと同じ使いでで本数は三分の二。収納スペースの節約にもなる。かさばらないので持ち帰るのが楽だし、芯のごみも減らせる。

販売店にすれば、棚やストックの場所をとらない。物流段階でもいちどに多くの紙を運べることになる。効率的な輸送はCO_2削減につながり、芯のごみの件と併せて、環境にもいいのでは。

一般に商品は、似たようなものどうしだと価格競争に陥る。低価格化を防ぐため、さまざまな特徴を持たせ、差別化を図る。高付加価値化である。トイレットペーパーもその例にもれず、やわらかさ、吸水性、二枚重ねのダブルなど選《よ》り取りみどり。

長尺は多方面を利する価値といえそうだが、中には果たして便益をもたらすのかと、首を傾げるものもある。コロナ禍の始まりの買いたくても買えなかったときは「贅沢は言わない、トイレットペーパーであれば何でもいい」という心境だったが、再び市場に出回ると自分なりの条件が戻ってくる。

私のそれは長尺、シングル、無地、香りなしだ。柄はあっても、ペーパーホルダーに設置されている間はカッター兼の蓋が被《かぶ》さり、手にとってから流すまでは一瞬で、観賞する暇がない。香りなしは、近所の店で探すのに苦労する。先日も同様で、ほかの条件を優先し、香りに関しては譲って、ついているものを買った。

これが意外に強力で、リビングにいても寝室にいても香る。家が狭いせいだろう。それこそコロナ禍で家にいることの多い生活。家じゅうのどこもトイレと同じ香りなのはつらい。

香りは芯についていると知り、十二ロールすべての芯を抜き、換気扇を数日間回し続けた。メーカーは費用も工程もかけただろうに、もったいないことである。

「これっていったい誰の得?」と思ったら、トイレの芳香剤を兼ねられて、やはり好調という。すると私は少数派？

付加価値について考えさせるトイレットペーパー。香りなしが生産終了とならぬことを祈っている。

移動しなくて済むけれど

オンラインでの会議や打ち合わせが多くなった。当初は画面に映った自分の顔に動揺したり「声が聞こえません」と言われて慌てたりしたが、慣れてくるとなかなかいい。何よりも前後の時間が大幅に短縮される。

リアル会議だと開始の十分前には行かなければと思うし「今日は新任の人が来るはずだから名刺交換もあるはず」など、どんどん早くなる。オンラインでは五分前に席に着いてなお、カメラの向きを整える余裕が。初めのうちはリアル会議の習慣で早々と待機していたが、よく使う会議のシステムは、設定時間ちょうどでないと入れず、無意味と知った。終了後は「退出」をクリックするだけですべてがかき消え、次の瞬間から別のことにとりかかれる。

何年も前から月にいちど出ている打ち合わせがある。ちょっとした変更点の確認など四十分程度。かつてはその三倍近い時間を前後の移動に費やしていた。コロナが収束した後もあの方式にはもう戻れまい。

他方リアルの方がいいと感じることもある。オンラインでは自分の発言するとき以外は、声が被さったり雑音を拾ったりしないようマイクを切っておくのだが、自分の番が来たら訊《き》かれたことだけを答える感じになり、ダイナミズムのようなものが生まれにくい。画面越しだと、相手の反応がいまひとつつかみにくいせいもあろう。

一対一で相手が非常にかしこまっていて、ひとつ答えるごとに「貴重なお話をありがとうございます。次の質問に参りますが」という調子で進んでいくと、礼を尽くしてくれるのはありがたいけれど、本当のところどう受け止めているかわからず、暖簾《のれん》に腕押し的な感じで、変に疲れる。対面ならふとしたきっかけで緊張が和らぎ、心の距離が近づくこともあろうが。まさに「遠隔」である。

多めの人数でやや込み入ったことを話し合うときも、それはそれで難しい。発言要旨をあらかじめ文書にして送信しておく方が確かかなと、作成を始めると思いのほか時間がかかり「これなら移動時間をかけても対面の方が早いな」と思うことも。

長所短所を知って、使い分けていきたい。

狙われる在宅

魚を焼くグリルに不具合が起きた。ガス会社に電話すると、翌日の午後三時から五時の間に点検に来るという。よく使うものなので、とても助かる。

訪問前に係員が電話をするとのこと。ここまで時間帯がはっきりしているので、電話なしでいいと言ったが、いや、必ず一報してから行くと。ずいぶん丁寧である。

当日、果たして電話があり、間もなく到着。制服の男性で、写真付きの身分証を示し、同じく写真付きの名刺まで差し出す。修繕はスムーズで、三十分もいないで帰っていった。

ひと息つきテレビをつけると、強盗のニュース。不幸中の幸いで、命まではとられなかった被害者によると、ガスの点検をよそおった二人組の男性が押し込んだという。

ガス会社の念入りな対応のわけがわかる。電話を辞退しようとした私は、とんでもなかった。あのタイミングで同様の強盗に来られたら、疑いなどつゆも抱かず、大歓迎でドアを開けただろう。

コロナのため在宅している高齢者が多いことから、この手の犯罪が増えているそうだ。

よそおうものとしてガスの点検を選んだところが巧妙である。電気、水道、電話もそうだが、公的なものへの信頼を、ある年齢以上の人は強く持っているのではないか。その昔、小学校に通うため、これからは親の目の届かないところをひとりで歩くのに際し「家の外では、先生とお巡りさんの言うことを聞きなさい」と親に言われたものだ。

注意の呼びかけによると、ガス会社の人は原則一人で来る。制服を着て、写真付きの身分証を携行。こちらから頼んで来てもらうほか、定期点検があるけれど、その場合は必ず事前にお知らせの文書が入り、問い合わせ先には、携帯ではなく固定電話が記されているそうだ。偽者を見抜くヒントにはなる。

そうこうするうち宅配便をよそおう強盗も報じられた。宅配便も私は毎日のように来てもらっている。日本郵便の水色の制服、民間会社の緑や、青と白の制服は見慣れたものだ。だがこの頃は通販の急増の関係か、とても多様になっている。「あのショッピングサイトなら緑の人だな」と思っていると、黒のポロシャツだとか。ドアスコープで見て予想と違っても、ふつうに開けてしまっている私。

注文の際、日時指定はしている。宅配業者によっては会員登録をすると、あらかじめメールでお届けのお知らせが来るので、そちらも利用。しかし、ニュースで被害者が語っていたところでは、来るはずの荷物があったので、つい開けてしまったと。日時指定でも防ぎきれないのか。

対策としては、ドアチェーンを外さず、隙間から受け渡しをする、あるいは、受領印不要の「置き配」を指定するなどが紹介されていた。

家にいても身を守るため、こんなにいろいろ策を講じないといけないとは。気の抜けない世の中である。

固定電話にかかるのは

家にいると怪しい電話がほんとうに多い。だいじな連絡もあるかもしれず、出ざるを得ない。

先日は通信会社のカスタマーセンターなるところからで、プロバイダと回線の支払いを一本化し、お安くできるという。「一本化はもうしました」と私。

それはなんたらかんたらかと確認され「えっ」と詰まったのは、実は通信のことをよくわかっていないので。スマホと自宅のインターネット・電話はまとめて引き落とされるが、それとは別の話？

自宅は戸建てかマンションか。集合装置、宅内機器は。立て続けの質問にたじたじとなってから、ハッと態勢を立て直し「いきなりいろいろ聞かれることに不審をおぼえます。切らせていただきます」。受話器を置いて調べると、詐欺まではいかないが強引な勧誘で、お得どころか逆になるケースもあるらしい。危なかった。

もっと大きな損失になりかねない電話も。不動産仲介会社から。ご所有の部屋を買いたい人がいるので、相場より高く売れるという。私は自宅のほかに都心の一Kを頑張って購入し、人に貸している。その部屋だ。

なけなしとはいえ資産を持つと、仮に売ればどのくらいか、時に知りたくなるのは自然の情だ。賃貸物件なら空室になったり管理費が上がったりすると特に。電話が来たのはまさにそうしたタイミング。「売却は考えていません」と即答すると、資産運用の参考までに金額だけ聞いてみてはどうかと。ただし先方に具体的な金額を言ってもらうには、弊社が売却を委託されているという契約書を示す必要があり……いやいやいや、そんなのに判をついたらたいへんなことになる。

怖いのはどちらも自分ではただちに「断った」つもりでいることだ。お安くとかお高くとかに惑わされず、毅然とした態度をとったはずが、なぜかずるずる話が先へ進んでいる。たぶん一瞬のひるみや不安を、相手は鋭く察知して突っ込んでくるのだろう。

固定電話をまったく無視するわけにもいかないならば、断った瞬間に切る。それが次善の防衛策かも。

ウェブカメラの向こう側

パソコンに届いたメールに一件、怪しいものが交じっていた。件名は「ビジネス提案」。業務メールのようでいて、抽象的すぎる件名が、私の不審センサーに引っかかる。

読み始めて間もなくアダルト動画云々《うんぬん》とあり「あ、これは話にならないな」。私の性別も年齢も知らず、無作為に送りつけているものだ。動画はたしかに視聴するが、いずれも柴犬がらみである。

それにしても妙に整った文章だ。詐欺メールはこれまでも受け取っているが、日本語であっても自動翻訳機にかけたような不自然さだった。その点これは格段にこなれている。敬語や受動態はほぼ完璧。「そうです、」とひと呼吸置いてから進むなど、緩急も心得たものだ。つい続きを読んでしまった。

敵の言うに、あなたが気づくことなくあなたの姿を見ることができ、連絡先も把握。動画視聴中のあなたの姿を、すべての連絡先に送ることができる。回避したければ四十八時間以内に、いくらいくらの仮想通貨を払うように。どこかへ通報しても、私のことは追跡不可能。「どんな隙も与えませんよ」と慇懃《いんぎん》な言葉遣いの間から、優越感に満ちた高笑いが聞こえてきそうだ。まるで推理小説の中の脅迫文。そうです……いや、うっかり影響されてしまったが、これはもう詐欺というより脅迫の類だ。警察に転送しようか。だが、下手に操作すると相手につながりそうで怖い。

荒唐無稽と一蹴したが、動画を視聴中の私に、人に見られたくない姿があったのは確かだ。熱々の焼うどんの上で身をくねらせる削り節に向かって、柴犬が警戒心全開で吠えたてる動画である。おバカでけなげで、床にひっくり返り腹をよじって笑っていた。まさかとは思いつつ、気味が悪くなり、パソコンのウェブカメラを付箋でふさぐ。

より差し迫って、思い当たる節のある人なら、冷や汗ものではなかろうか。仮想通貨という日本ではあまり一般的でない支払い方法のため、被害がまだ少なく抑えられているだけで。

念のためネットで「アダルト　詐欺」と検索すると、出るわ出るわ、この種の事例。前は官公庁をよそおう詐欺はがきも来たし。本当にあの手この手で騙《だま》し取ろうとしている。

この国語力、犯罪に使うのはもったいない気がするが、感心している場合ではないのである。

思った以上に疲れている

「昨日は一日眠だるくって」。仕事先の六十代後半の男性が言った。その日は休みだったので、朝遅く起きたのに、夕方また寝た。おふくろは亡くなる前、一日じゅううつらうつらしていた。自分もそろそろお迎えが来るのではと。

一昨日何か疲れるようなことをしたのではと聞くと「別に」。久々に他県から友人が来たので、車で羽田へ迎えに行き、横浜で食事をして、都心のホテルまで送り届けただけ。「充分疲れます」と言うと反論された。運転は好きだし、東京と横浜なんてすぐ近く。若いときは御殿場としょっちゅう日帰りして、全然苦にならなかったと、憮然としている。

それは若いときの話で……と反論の反論をするのは控えたが、ありがちな誤解。できるかどうかと、体にこたえるかどうかは、別なのだ。この頃私は身にしみている。

もともと私は文弱の徒。介護が終わった五十代半ば、ジムのダンスフィットネスに突然はまった。

レッスンの後ろの方で参加しているが、人の間から鏡にチラ映りする自分を見ると、手を上げるべきときはまっすぐに上げ、われながら「形はいいのでは」と思う瞬間がときどき。ダンスフィットネスはひとえに慣れである。回を重ねると「あ、あのステップね」とすぐわかり、動きはよくなる。

終了時間が来ると「え、もう?」。脳から何か快楽物質が出ているようで、まだまだ行けそう。物足りなく、明日も同じレッスンはないかと、他店舗のスケジュールをその場で検索し始める。

それでいて翌日はなんだかどこかだるく、仕事のパフォーマンスもいまひとつ。初めのうちは風邪の引きかけかと思ったが、あまりに頻繁なので「もしかしてジムの疲れが残っている?」。

他店舗へ遠征し、二日続きで参加した後は、その翌日のパフォーマンスの落ち方がひどかった。行けば楽しめても、しない方がいいことだと悟った。以来二日続きは、スケジュール上可能でもやめている。

最近では翌日まで持ちこたえられず、その日のうちに疲れが出る。ジムから帰ると眠くなり、三、四十分寝てやっと活動を再開するくらい。当然かも。ダンスフィットネスを始めてから三歳、年をとったわけで。

加齢による体力の変化を認めねば。疲れたとき変にがっかりしないためにも。

体の機嫌をうかがいながら

昔の自分のイメージで行動すると、そのときはいいが後々の疲れがひどい。そう書いたら多くのかたから「身につまされる」とのお声をいただいた。ある人は「無理をすると如実に体に復讐される」と。

言い得て妙！　しかもこれは復讐案件と体が感知する閾値《いきち》が、どんどん下がっている気がする。

ダンスフィットネスは、レッスン中楽しく動けても、翌日のパフォーマンスに相当響くと学習した私。先週は参加した翌日、夜のレッスンに空きの出ているのをウェブ予約の画面で発見。ラッキー！　と前の私なら飛びつくところだが「いや、二日続きは疲れすぎる」。大人の判断で思いとどまり、代わりにピラティスに初参加した。

ダンスフィットネスが動の世界ならばこちらは静だ。マットの上で先生の指示に従い、ゆーっくりと体を曲げ伸ばし。終了後息はまったく上がっておらず、ダンスフィットネスでは髪の毛からしたたり落ちるほどかく汗も、なし。物足りない。「あんまり運動した気がしないな」。

　とんでもなかった。翌日はパソコンに向かう姿勢をとるだけで、じわじわと復讐されているのを感じた。

　運動のみならず軽作業も同様だ。保管付きクリーニングから冬物が返ってくる。コートとニットで、四十五センチ四方の段ボール箱が二つだ。配達されたときのまま玄関に置いていたが、通るたび目につき、寝る前になって「よし！　いっきにカタをつけてしまおう。その方が気分がいい」。

　開梱《かいこん》しビニールカバーを外して、コートはハンガーにかけてポールへ、ニットはたたみ直して引き出しへ。スペースはちゃんとある。「更衣《ころもがえ》しないクローゼット」を五十代半ばでめざしたので、冬物を入れるため夏物を別のところへ移す作業は、なくて済む。「ゆとりある収納って楽。シニアを見据えて、こうしておいてよかった～」。外したビニールカバーは小さくまとめ、段ボール箱は折って束ね、所定の位置へそれぞれしまい、すっきりした気分で眠りについた。

　翌日、パフォーマンスは激落ち。節々が痛くて重い。あれしきのことで体の恨みを買おうとは。心のおもむくままに行動するのが、老年の理想のように言われるが、体の機嫌をうかがいつつという条件を付け加えたい。

口の栓を固めに締めて

「ジュース飲みたい」

　スーパーの通路を歩いていたら、いきなり言われた。誰かから買ってくれと、私は要求されている？

　驚いて振り向くと、六十代と思われる女性客だ。カートに手を置き、飲料の棚の前で考え中。なんだ、ひとりごとだったのか。

　巡る順序が私とほぼ同じで、それからもときどき聞こえていた。「暑《あ》っつ。暖房効きすぎじゃない？」「あら、売りきれ？」。レジの列の見えるところへ来ると、ひときわ大きく「うわー、すごい待ってる」。

　赤面してしまった。私もたぶんしょっちゅうひとりごとを言っている。値札を見て「高《た》っかい。やめよう」とか。コロナで人との会話が減った反動で、より増えているかもしれない。

　思ったことを口にしやすくなっているのは、日頃より感じていた。

かつて九十近い父の散歩に付き添っていた頃、父は向こうから犬が来るたび「かわいい」「おお、速い速い」と声に出して言った。周囲の視線が集まるし、飼い主は怪訝《けげん》な顔をするので恥ずかしく、父を急《せ》かしその場を立ち去ったものである。

それが六十近くなった今、自分が似たようなことをしている。すれ違う犬に「かわいい」「なんて小さいの！」とか。信じられない。

年をとると涙腺が緩くなると聞くが、口の栓も同様なのだろうか。

レジで文句をつけている年配男性が、ときどき話題になる。某観光地のロープウェイ乗り場では連休中、誘導員が客に怒鳴られたそうだ。「このご時世に人が多すぎる！」。ネットでは、年をとるとまるくなるというけど逆で、こらえ性がなくなるのでは、などと評されていた。

誘導員にはとんだとばっちりだし、ヤレヤレである。私を含め今のシニア女性は部下を叱りつける経験をしてこなかったから、他人に対するそういう出方は考えにくい。でも見方を変えれば「高っかい」「なんて小さいの！」も、現象としては共通の点があるかもしれない。内心がそのまま漏れるという点。「暑っつ。暖房効きすぎじゃない？」あたりは境界事例のように思う。相手がいなければひとりごとだが、店員さんがたまたまそばに来たら「ちょっと！　暖房効きすぎじゃない？」へ容易に転化しそう。

先日はレジ待ちの列の脇を通った店員さんが、列の中の女性に呼び止められていた。

「ねえ、まだ待つの？　冷凍食品溶けちゃうんだけど！」

たしかに溶けてしまいそう。でもこちらも混んだ状態を作っているひとりであって、店員さんにしたら「そう言われても困る」部類の、八つ当たりすれすれの発言になってしまわないか？

「かわいい」など、ほめる方のひとりごとはまだいい……それだって不気味に思う人もいるから要注意だが、よくない気分のときは特に口の栓を固めに締めよう。年々緩くなっている自分への戒めである。

診療所、緊急ボタン付き

雑誌のカラーページをめくっていて、とある女性の部屋の写真に目が留まった。それぞれの終《つい》の住処《すみか》を紹介するページだが、うちひとりのインテリアの趣味が私と似ている。英国調の深いブラウンのテーブル、椅子、同色の床。落ち着いた風合いの絨毯《じゅうたん》、ガラス張りのカップボード。

驚くのはそこが高齢者用住宅であることだ。私がこれまで見たホームは、家具をこんなに持っていけないし、床も病院ふうだった。

インタビューによれば、七十歳で入居を決めた。周囲からは早すぎると言われたそうだが、住んでみたら快適さに日々感動。診療所が併設され、看護師やケアマネージャーが常駐。トイレと浴室には緊急呼び出しボタンがあり、フロントにいるスタッフと二十四時間連絡がつく。私の理想がここにある！

昨年も幾度願ったか。ボタンひとつで看護師さんがベッドサイドまで来てくれたらと。市販薬を服用し寝ていてもいっこうによくならず、もうろうとしながら老眼鏡と財布をまさぐりタクシーで病院へ向かう、そのたびに。

具合の悪いときは、ホームに住みたいと切に思うが、回復につれよみがえってくるのが「家愛」だ。仮に資金がなんとかなっても、愛着のある家具類を早々とあきらめられるのか。

この写真の住まいなら、健康不安への対応と「家愛」の二つながらかなえられる。「これって、どこ?」。

家具持ち込み、診療所併設のワードでネット検索しながら、インタビューの一字一句まで熟読。床はリフォームで、相続のできることからも、シニア向け分譲マンションらしいとわかった。

サービス付き高齢者向け住宅も家具を持ち込めるが、こちらは賃貸。かつ自立から軽度の介護が条件だ。高齢者の住まいの種別は、調べてもなかなか頭に入らなかったが、初めてクリアに整理できた。

以来パソコンに毎日、その手のマンションの広告が出る。社交ダンスのできるホールとかビリヤード場とか、共用部の豪華さをうたわれると気持ちが引く。

アクティビティの方は自力でなんとかするから、重度の要介護のときはどうなるかを、もっと詳しく説明してほしい。温泉大浴場もいいけれど、維持費にかかる分を人件費へ回してもらった方が……。

雑誌の写真ページにも心揺れる年頃である。

備えとストックどうしよう

　大きな台風がもう来ないといいのだが。子どもの頃木造の平屋に住んでいた私は、臆病だ。停電で暗い中、雨戸に何かぶつかる音。縁の下にも吹き込む風で、乗っている畳がふわりふわりと持ち上がり、家ごと飛ばされるのではないかと思った。

　警戒を呼びかける言葉は、年々ものものしくなっているように感じる。令和元年に首都圏を襲った台風では「接近とともに世界が変わる」と予告された。今の住まいはマンションの一階。物干し竿は、重いセメントの台座に立つ鉄の柱に渡してあるが、あおられて窓を破るのを恐れ、室内に取り込む。台座も地面に倒しておいた。

　それすら初めてのことだったのに翌令和二年の台風は、かつて経験のないものとして、気象庁が数日前から対策を促す異例の会見となった。進路にあたる地域ではホームセンターに人が詰めかけていると、ニュースで知る。雨戸に打ちつける板や釘が要るのだろう。

　マンションに雨戸はないので、窓全面を板でおおうのか。掃き出し窓は背丈以上の高さがある。打ちつける板を支えるのすら、体力的に難しそう。

一階は浸水も心配だ。ハザードマップではだいじょうぶそうだが、なにぶん経験のないクラスの台風。家庭用ポリ袋に水を詰めると、土嚢《どのう》の代わりになるという。が、窓を固め、玄関前にそれを積むと、自分は家に入れない。ひとり暮らしのお年寄りはどうしているのか。

「家を守るのは無理。やはり将来は早めに施設へ入居するしか……」。極端な考えにいってしまった。

が、流れてくるツイッターでは、たんたんと備えているようす。「釘打てないけど、これでいいの？」と窓の内側につぶした段ボール箱をガムテープで留めている。それだと室内への飛散は防げる。

たしかにコンクリートの外壁に板を「打ちつける」のは、体力がどうこう以前に構造的に無理。代わりにテープで留めたところで、風で剝がれてしまいそう。だったら割れても仕方ないとし、身を守ればいいわけで。室内にいて段ボールをつぎはぎに貼るくらいなら、私にもできる。通販の箱は資源ごみ収集のたび出していたけど、これからは少しとっておかないと。何であれストックを持たない方だが、非常食用にサバ缶でも買おう。

台風のニュースにも感じやすい年頃。落ち着いて、防災のためできることを探していきたい。

「前もって」の習慣

久しぶりにオンラインでない打ち合わせだ。前もって持ち物を揃えておかねば。いつからか習慣になっている。

若い頃は出かける日の朝にしていた。行く先の地図、あるといいかもしれない資料、移動中に読む本など。思いついては取ってきてバッグへ。着ていく服も、身支度しながら決めていた。袖を通してみて変だったら、クローゼットに別のを探す。

行き当たりばったりで、よく無事に済んでいたものである。リスキーに過ぎ、もうできない。

地図は必ず前日までにプリントする。若い頃と違ってスマホのナビが今はあるが、この間に老眼の進んだ私は、相変わらず地図だ。必需品である財布、交通系カード、名刺は常からバッグインバッグにまとめてある。

服も前もって鏡の前で着てみて点検。クローゼットから出し、壁のフックに掛けておく。インナーからタイツに至るまでだ。はいてからタイツの穴を発見したり、インナーの線があらわだったりすると、選び直さないといけない。あたふたするのは、もう避けたいのだ。

決めたら動かさない。当日になりバッグを変えて失敗したことがある。「初対面の人が多そうだから、名刺入れをすぐ出せるように」と、バッグインバッグからバッグのポケットへ、前日のうちに移していたのだ。その経験に学んで。

「前もって」の習慣は、仕事以外の持ち物にも及んでいる。ジム用のバッグには、ジムから帰ると即、替えのショーツを補充。運動でいい汗をかいてシャワーを浴びた後、替えがなく、脱いだものを再び着けたことがある。

収集に出すごみも同様だ。生ごみ以外は前もってまとめ玄関に。収集が隔週である瓶・缶は、出しそびれると影響が大きいので、特に心して。

この収集日も前日に袋に入れたが、意外と少なく感じた。このところイタリアンにはまりオリーブオイル、トマトの水煮などの瓶・缶物をよく使ったのだ。

当日の朝無事に出し、収集のトラックが走り去る音を聞きながら、玄関を掃除し、下駄箱を開けると、何やら白いポリ袋。思い出した。「今回は多いから忘れないように」と先週のうち空になった分をまとめておいた。そして忘れた……。

「前もって」もあまりに前だと、それはそれでリスキーなようである。

届いた品は組立式

床を這《は》うコードをなんとかしたいと思った。空気清浄機のコードがかなり長く、曲がりくねって溜まっている。見た目に美しくないし、足をひっかけそうで危険。上手く隠す方法はないか。

「コード隠し」と、そのまんまのワードで、ショッピングサイトを検索すると、あった。ティッシュペーパーの箱よりひと回り大きい箱で、左右の面に切れ目がある。そこへコードを通した上、余った分を適当にまとめて収め、上から蓋をするらしい。商品の数は多く、色も白、黒、茶など、床に合わせて選べる。

中でも木製のものにひかれた。質感がプラスチック製より床になじむ。お値段は高めだが、調べていくうち「お？」。プラスチック製と変わらぬ価格の商品がある。茶色の加減もわが家の床にぴったりだ。注文し、数日後に配送されてきた。

荷を解いて一瞬、間違って注文したかと思った。小袋に入ったねじ類と工作キットのような板の束の包み。が、包み紙に透ける板の色は商品画像のとおり。組立式だったの!?

サイトを確認すると、そうだった。ご存じのとおりショッピングサイトの商品名は、たいへん長い。検索でひっかかるよう可能な限りのワードを詰め込むのだろう。この商品も、コードまとめ、ケーブル収納、配線ボックス、すっきり、木製などと数行にわたる中「組立式」の三文字がたしかにある。できれば商品画像にも、組立シーンを入れておいてほしかった。画像は七枚あるのだから。

「組立式か……」。思わず溜め息。前に購入した踏み台がそうだった。そのときは組立式と承知の上。工具不要、慣れない人でも十分でできるとあったのだ。

説明書は付いてきたものの、これが「無言」。図でのみ示され、その図が簡単すぎて、板の向きや合わせる順番がよくわからない。知育玩具を与えられたサルのように、首をひねっていじくり回す。途中で板の裏表を間違えていたことに気づき、ねじを外してやり直し。十分のはずが一時間以上かかってしまった。

今回の説明書はまったくの「無言」ではないものの、たぶんに感覚で補い進めていく。一応説明書のとおりにしたつもりで、事実、商品画像に近い形にはなった。が、全体的になんだか歪んでいる。すべての角が九〇度であるべきところが微妙にずれ、板と板の合わせ目に風の吹き抜けそうな隙間ができている。置いているだけで、自然とばらけてしまいそう。

ねじというねじが緩いせいかも。指定の穴に挿し、手で回して入るところまで入れて「ここまででいいんでしょう。ねじの長さが多少余っているけど、工具を使うようには書いていないし、場所は合っているはずだし」。が、ねじ回しで最後まで締めるべきだった。解体し、やり直す。

たぶん私はメーカーが想定するより、ずっと不器用なのだろう。次に何か買うときはそのことを考えて、いや、それ以前に組立式かどうかをよくよく確認の上、注文したい。

表情じわが深くなる

とあるスーパーで買い物をした。レジを打つ人の先にもうひとり係が付いている。持参のエコバッグを店内かごとともに出すと、係に渡され、レジを通った品から詰めていく。支払いの準備をしつつも気になっていた。係は、納豆や浅漬けなど匂いや水気のあるものを、ひとつひとつ薄いポリ袋に入れている。万が一パッケージが破れても匂いや水がエコバッグにつかないようにだろうが、私はそこまで求めない。エコバッグはいずれにせよ洗うし、ポリ袋も手間ももったいない。

「袋はなくていいです」と言うと聞き返された。マスクで声がくぐもるのだ。「袋は、なくて、いいです」。大きくはっきり発音すると、係は一瞬身を固くして「すみません」。もしかして咎《とが》められたと思ったか。

長々と弁解するわけにもいかず、心が残った。スーパーが殺伐とし販売員が疲弊しているといわれるが、私も追い詰めるひとりとなってしまった。

マスクを外せれば誤解は一発で解けるのに。表情は重要な伝達手段だと改めて知る。マスクはその半分から三分の二を隠してしまう。

子どもたちの表情が乏しいのが気がかりという保育士さんの談話を、何かで読んだ。幼児はマスクの適切な使用が難しいためつけていないが、保育士はつける。フェイスシールドは感染防止効果が劣るとされ、多くがマスクだそうだ。

考えてみれば子どもたちは、家族以外の大人から表情を学ぶ機会がほとんどないまま春、夏、秋、冬と季節は巡り……。発達のだいじな時期には、一年だってとても大きい。

ある保育士さんは、口元の表情の不足を、目元の動きをおおげさにすることで補っているという。驚いたときは思いきり見開き、叱るときは眉間にしわを寄せ、ほめるときは目を細めて。

レジで私がすべきことはそれだった。目で笑顔を伝える。だがどうやって？

介護や接客が仕事の人にも共通の課題のようで、調べるとさまざまな情報が出てくる。読んだところ、目だけで実現する方法はないらしい。笑顔とわかるには、目を細くし、目尻を下げることだが、それには頬を持ち上げねばならず、それには口角を上げて……マスクをしていないときと同じか、より力いっぱい、満面の笑みを作らないといけないのだ。

表情じわが深くなりそうだが、円滑なコミュニケーションのためである。マスクが要らなくなる頃には、顔が三歳くらい老けているのを覚悟しよう。

「もったいない」の空回り

美容院で白髪染めするまでの間、カラートリートメントで持たせている。たんねんに髪を分けながら、根元を中心に塗布していく。

シャンプーのたび少しずつ色は抜ける。うっすらと色づいたお湯が、浴室の床を流れるのを見るにつけ「もったいない」と感じていた。せっかく塗っても、塗るそばから落ちていくなんて。

そんな中、カラートリートメントの色持ちをよくするシャンプーがあると知る。調べるとウン千円。シャンプーとしてはかなり高いが、塗る労力と使用量を節約できるなら、試す価値があるかも。

詰め替え用なら数百円安く、そちらを購入。容器は今までのシャンプーを入れていた、ポンプ付きのボトルがある。

数回使って「これはいい」。根元の白さが気になってくるのが遅く、カラートリートメントの回数を、たしかに減らせる。

せっかくならジムでもこのシャンプーを使いたい。ジムに通っている私は、髪を洗って帰ってくることも多いのだ。

そちらには何か携帯用の容器が要る。

旅行用の化粧水入れがあるが、蓋が危ない。蓋の端にある小さな突起をはね上げて開ける方式。ワンタッチで便利だが、持ち歩くうち何かの拍子で外れ、中身がもれてしまったことがある。貴重なシャンプー、それはもったいなさすぎる。

ハチミツ容器が適していそう。オレンジ色の蓋がついているもので、先が棒状に尖り、それに被せたキャップを回して開ける。あれならひとりでに外れることはない。

スーパーには、容器だけは売っていなかった。ネットで探すとあることはあるが、商品そのものは百円以下でも、送料と合わせると六百円以上。人に運んでもらうのだから当然のことながら、なんだかもったいないような。冷静に考えれば、スーパーでハチミツそのものを買う方が安い。

むろん容器が目当てでも、中身を粗末にすることは、もったいなくてあり得ない。ハチミツは家にある別の容器に移し、内側に付いている分も、お湯を入れてよく振り煮物に使って、一滴たりとも無駄にしなかった。

空になったハチミツ容器を持って浴室へ。ボトルから半分くらいをこちらへ移す。浴室の床にしゃがんで目の高さで、ポンプを外したボトルの口とハチミツ容器の口とを合わせ、慎重に。蓋をとったハチミツ容器の口は広く、安心してボトルを傾けられる。すぐいっぱいになり、ボトルを置いて、ハチミツ容器にまず蓋を。

悲劇はここで起きた。蓋を取り付けるのに、ハチミツ容器を強く握りすぎたらしい。シャンプーが押し出され、注ぎすぎたビールのように広い口から周囲へ垂れる。「もったいない！」。受けようと洗面器へ手を伸ばしたのが、さらなる悲劇を呼んだ。その手がボトルを倒し、シャンプーが床に円をなす。

「もったいない」が口癖の人の陥りがちな負の連鎖。すくってもすくいきれず、色のついていないまっさらな泡を、排水口へ泣く泣く流したのだった。

しばらく様子見

長引くコロナ禍で、自宅中心の生活が定着している。日頃は家、スーパー、ジムの三点移動。スーパー以外の買い物は宅配が習慣化した。電車に乗るのは、リモート不可の仕事のときのみ。どこにも寄らず帰ってくる。

ひと息つきたくはある。在宅ワークはオンとオフの区別があいまいになり、気がつけば数ヶ月休みなしだ。夏に予約しながら、キャンセルしてしまった宿がある。その頃は東京の感染者数がピーク。緊急事態宣言は解除されていたものの、他県への移動がためらわれた。地方に実家のある人すら、帰省を自粛する流れにあったのだ。帰省した人の家には嫌がらせの貼り紙をされた例が報じられた。

あの頃より行き来が盛んになった今、そうした排除の動きは聞かない。懸念された「Go To トラベル」だが、利用者のうち感染が確認された人は、発表された数字上は特に多くないようだ。

私が今はふつうに通っているジムも、再開当初はおっかなびっくりだった。入口での検温、手の消毒はむろん、マスクの常時着用、会話を控えるなど、かなり緊張感をもって臨んだ。初めのひと月は「様子見」で頻度を下げ、皆さんそうなのか、行くと常に空《す》いていた。月を追うごとに混むようになり、私も頻度を上げていく。見ていると皆、ロッカーのキーひとつも持参のスプレーやウェットティッシュで消毒するなど、相当気をつかっている。対策を徹底すれば、ジムに行ったからといって感染するわけでもないとわかってきたのだ。旅行も同じと考えていいのか。

夏のキャンセルは、観光業が打撃のさなかと知りながら心苦しいことだった。おわびも兼ねて宿に先日、予約の電話をすると「Ｇｏ Ｔｏの期間はすべて満室なんです」。そうなのか！　ほっとしたような、意外なような。

頭では問題ないと思いつつ、移動に尻込みする感覚が、私にはある。春夏を通し身についてしまった。私の住む東京がＧｏ Ｔｏトラベルの対象に入ったのは秋になってから。しばらく「様子見」する間に、世の中はとっくに変わっていた。

「うとすぎる」。メールを交わした知人からはそう指摘された。テレビでも盛んに報じているという。安く泊まれるこの機にと高い宿から埋まっているが、キャンセル待ちに賭ける手はある、恩恵を最大限受けるには交通費とのパック商品を探すように、交通費単体では割引にならないなど、いかにすればお得かを詳しく説明しているそうだ。

しかしそこまで頑張るのも。息抜きが目的だし、お得といってももとは税金なのだし……。迷ううち感染が再拡大し、ＧｏＴｏはいったん停止となった。私もまだ「様子見」を続けることにする。

換気の車内に

自宅中心の生活が相変わらず続いている。交通機関を利用するのは、リモートでできない仕事に出かけるとき。電車は混雑する時間帯をできる限り避け、車内でもなるべく人との距離をとれる方へ。

先日もしばらくぶりに電車に乗り、比較的空いているところに立ち、走り出してから気づいた。寒い。特に頭だ。窓の上の方の隙間から、冷気が飛ぶように吹きつける。

窓ガラスには小さな貼り紙の掲示。窓を十センチ開けて走行すると五、六分で車内の空気が入れ替わるとある。その十センチからの風にちょうど頭がさらされる。

例年この時期の電車は、暖房と人いきれでコートのままだと汗ばむほどだが、コロナと過ごすこの冬は違う。換気のため窓を開けてある。

車内の人の分布にばらつきのあるわけがわかる。風がまともに当たるところを、よく乗る人は知っているに違いない。風上、風下、さらにはドアとの関係で、ウイルスの溜まり具合は異なるだろうから、それと寒さとを考え合わせ、各が微妙な位置取りをしているのだろう。

タクシーを使ったら、頭の寒さは顕著だった。窓との距離は電車よりもっと近く、風が直撃。

「この冬は乗り物の中で帽子が要るな」。たためる帽子を携帯することにした。

会議では、事前の案内に記されている場所の階数に注目する。

一階だと膝掛けを持参。会議室の扉も換気のため開け放しで、廊下から冷気が流れ込む。

コロナ以降、持ち物は何かと多くなった。

自転車で行けるジムへは、営業の再開された六月から継続的に通っている。主に夜の時間帯。

先日も北斗星に向かってペダルをこぎつつ、ふと感じた。顔が寒くない。例年ならこの時期、頰がこわばるほどなのに。マスクで保温されている。

マスク生活の長さを思う。布を重ねたマスクが暑くなり、冷感素材のものを求め、今また保温が気持ちよくなっている。季節は推移しているのだ。

この暖かさに慣れると、コロナ収束後もマスクを手放せなくなりそうだけど、もちろんその日が早く来ることを願っている。

ちょっとずつ無理していた

確定申告に向けて、出金伝票などの整理を始めている。激減が予想されるのが交通費である。リモートで可能な仕事は、原則としてそちらに変えた。会議や打ち合わせ、取材を受けることなどだ。

介護がテーマの取材であれば、画面上の相手が用意したメモに沿って、何年くらい続いたか、家族の間で意見の違いはあったか、などの質問をする。かつてなら「こういう込み入った話は会ってしないと失礼」とためらうだろう内容だが、コロナのためそうした不文律はなくなった。

先日は出かけていって取材を受けた。写真を撮る必要があり、ティールームの一角で。久しぶりにリモートでなく人と話して「コロナの前はこうだった」と深く思うことがあった。音の環境だ。

BGM、注文を通す声、食器の当たる音、周囲の会話。それらにかき消され、断片的になりがちな相手の声を、細心の注意力で拾って、質問を推測し、音に気をとられるのに抗《あらが》い、答えの構築に集中する。それがこんなにエネルギーが要ることだとは！　ぐったりと消耗し、コロナの前はよくできていたなと嘆息した。外出すると疲れるのは、これが原因だったかと思うほど。

昔から、音声多重の状況には弱かった。病院の待合ロビーでテレビがついていると、呼ばれるのを聞き逃すまいと、全身を耳にする。家電量販店でのスマホの契約に伴う説明は、ほとんど頭に入らない。道を歩いていて自転車のベルが鳴るたび、方角と距離がつかめず緊張する。

ニュース番組で、聴覚にある種の困難を持つ人を特集し、その人の聞こえ方を模擬的に再現したとき驚いた。「えっ、皆がそうではなかった!?」。

人によって嗅覚が敏感だったり、光の刺激や化学物質に反応しやすかったり、生きづらさ未満のさまざまな困難を抱えつつ、社会生活を送っているのだろう。リモートが軽くする負担は、移動に要する時間と体力のみならず、そうした「ちょっとずつの無理」をせずに済むこともありそうだ。

対面でしていたすべてをリモートに変えたいとは思わない。対面だと目的の話が済んだ後の雑談、例えば相手がたまたま持っていた本や、その場の備品で相手が興味を示したものから、自分との共通点を発見し、企画が生まれることがある。リモートでは起こりにくい。

リモートの健康的な面と対面の創造性を、どうつなげるか、または、それぞれのよさがあるものとして使い分けるか。来年への宿題だ。

久しぶりの全顔メイク

日曜の午後、ジムの更衣室でメイクの最中。ジムは二つ通っていて、日曜はこちらの昼のレッスンに参加するのが習慣だ。少人数制で万事にゆったり。この時間帯はだいたい数人が鏡の前に腰を落ち着けメイクしている。私はさっと帰り支度して後ろを横切るのが常だが、この日は念入りの人になった。美容院を予約している。

どうせそんなに人に会わないし、会ってもほとんどマスクだし、三ヶ月半伸ばし放しだったが、さすがにうっとうしくなり年内に行っておこうと。美容院もマスク着用だが、仕上げの段階で一瞬外し、顔とのバランスを確認される。その一瞬のためのメイクである。こまかな部分が見えるよう、拡大鏡まで持ってきた。

拡大鏡を覗き込んで睫《まつげ》をカールさせてから、正面の鏡へ目を移すと「めずらしいわね」。同じレッスンの人に声をかけられる。振り返り、フルメイクなんて久しぶりですと言えば「私はときどきする。でないとマスク仕様の顔になりそうで」。マスカラを塗り、再び正面へ向き直ると「お出かけ？」と別の人。三ヶ月半ぶりの美容院へと答えれば、のけ反って笑い「私は自粛期間中も一ヶ月に一度は行っていた。心まで自粛モードになるじゃない」。ですよね。してもしなくても同じ「だから、しない」と「でも、する」とでは、違いの積み重ねが大きそう。

思い出すのは令和二年の四月初め、今夜にも緊急事態宣言が出ようという日の夕方、私はやはりここにいた。もうひとつのジムはすでに休業、こちらもその日が最後だろうと。ただでさえ少人数の上、レッスンは閑散として、私と同世代の女性の二人きりだった。帰り支度をした女性はスーツ姿で、荷物が多い。在宅ワークが急遽《きゅうきょ》決まり、会社からいろいろ持って来たのだと。ほかにとんかつ店の紙袋とドラッグストアのレジ袋。「当分食べられないかなと。うちでは揚げ物をしないから」。

レジ袋の方にはヘアカラー剤が三本。「美容院も当分は行けないかなと」。結果的には休業要請の対象外だったが、あのときは何がどうなるかわからなかった。先の見えぬ中、カラーリングで元気を保とうとしていたのだろう。女性と別れ、家に着くとほどなく首相の会見が流れ、未曽有の事態へ入っていったのだった。

驚くべき年となった令和二年。さっぱりした髪で、その先を生きよう。

いつもと同じ飾り付け

常ならぬ一年でも季節は巡り、駅ビルや百貨店には金の星をいただくツリーが。クリスマスシーズンの到来だ。

毎年クリスマスの前後の日曜日、きょうだい二人と時にその子どもたちが私の家で集まる。持ち寄りのもので夕食をとり、お茶とお菓子で長話。父亡き後の習わしである。

話すことは主に介護のときのあれこれ。長い在宅介護の間には、ぞんざいに対応してしまったとか、あの判断がまずかったかとか、いまだ気にしていることが誰にもある。それを語って、仕方なかったと肯定し合う、一種のセラピーになっている感じだ。

介護の拠点は、私の家から徒歩十分ほどのところに求めたマンション。父が移り住み、きょうだいと時に子どもたちも動員し、交代で泊まる態勢にした。各が日用品を持ち込み「第二の家」的に使っていたが、介護の終了とともに解散。空になった家は賃貸に出した。

以後は前を通らないようにしていた。介護についてはさきに述べた後悔や自責の念があり、なるべく向き合いたくなくて。ほかの人が住んでいるのを見れば、親の死という現実にも改めて直面する。

二年目だったかのクリスマスの集まりで、きょうだいたちも同様と知った。近くまで来ても避けていた、見るとどんな気持ちになるかわからないからと口々に。「思いきって行かない？　これから」。私が発案すると、躊躇《ちゅうちょ》の声が上がったが「いいか」「一人のとき行くよりはいいか」。二人を駅まで送る際、皆で回ってみることになった。

行ってしまえば、なんてことはなかった。中へは入らず、ベランダ側を外から見るだけ。建物の黒いシルエットが、夜空に貼りつけた切り絵のようだ。「あるね」「あるある」。当たり前のことを言って苦笑した。その場所で過ごす時間は失われても、世界がそこだけ穴が空いたように消えてしまうわけはないのだ。寒くて硬そうな星々の下、窓には灯りが点いていた。

食べながらの長話は感染リスクが高いらしいので、今年のクリスマスの集まりは、なし。卓上ツリーは例年どおり飾る。

ツリーに光を灯しつつ、この今も病院にいる人を思う。特に医療従事者はこの一年近く、季節感も何もなかっただろう。心身の限界から離職の動きも伝わってくる。

例年は仕事納めでほっとすると体調を崩しがちだが、病院にこれ以上負荷をかけぬよう、健康管理につとめたい。

目標を立てる

その年の目標を、毎年持つことにしている。新型コロナウイルスの禍の起きる前は次の三つを挙げていた。①本を読む。②体調管理をより真剣に。③自分の心配ばかりしない。言い換えればこの三つが特に、自分はできていなかったのだろう。その状況はコロナ禍でどうなったか、振り返りたい。

①の読書量は増えた。ウイルスと菌の区別もよくついていなかった私には、そこから説明する易しい科学の本が、感染の不安を減らすのに役立った。菌と違って空気中などで増殖することはできないと知り、それだけでも恐怖が和らぎ助かった。

十七世紀ロンドンのペスト禍を描いたデフォーの『ペスト』は、コロナ禍で多くの人に読まれたという。未知の事態に遭遇したとき科学と歴史が、向き合い方の手がかりになる。

②の体調は概していいと感じている。例えば結膜下出血は年に二十回くらい起きていたのが、令和二年はわずか二回。移動を伴う仕事と、対面で仕事をしたときだ。

結膜下出血はのぼせたり、乾いた目が瞼で擦れたりするときに多いと聞く。移動中や人と対面中の私は、たぶんいろいろなことに反応し、緊張したり視線をあちこちへ振ったりしているのだろう。家でひとりで仕事する限りは、かなり根を詰めても出血することはない。

無理のきくところとそうでないところが、コロナ禍ではからずもよくわかった。収束後も以前の働き方に戻るのが、自分の体にとってはベストでないと思わねば。

③については、社会と自分、世界と自分が密接に関わり合っていることを、コロナ禍できれいごとでなしに感じた。医療、物流、どの部分に綻びが生じても、今の生活は成り立たないし、ウイルスの地球規模の広がりは、知らない国々とも無縁ではいられぬことを示している。

ネットでハンドソープを注文した画面に、世界には手を洗う設備のない子どももいます、といった寄附の呼びかけが出るとスルーしづらい。医療現場にマスクを届けるプロジェクトは、国内のクラウドファンディング史上最速で一億五千万円に達したそうだ。

感染症は、見えないものへの不安を「見える」化したい心理から、差別や偏見につながりやすい一方で、人と人を結ぶ面も持つ。

①②③は収束後こそ心していきたい。

非接触性の老化

家にいることが多く、着る服も決まってきた。長袖のインナーとレギンス。昨日と同じニット。もっとも軽くてやわらかく動きやすいその組み合わせに、ついついなる。

冬になってから、年を越してもずっとそう。洗濯はしているので、汚れてはいないはずだが、さすがに生地がくたびれてきた。

初売りにもセールにも縁のなかったこの冬。前はときどき行っていた百貨店内のブランドはどうなっているかと、サイトを覗くと、すでに春物が。目を引く柄のワンピースがあり、早々と購入した人から「コロナが収まったら食事に着ていくつもりで買いました」という前向きなコメントがついている。

私もこう、くすんでばかりはいられない。断捨離で収納に余裕もできたし。小花柄のブラウスを注文した。

洗面所の鏡の前に立ち「……」。何か違う。商品は想像どおりなのに似合わない。柄のはつらつ感に対し、頬の張りが弱いというか。

服の元気に顔が負けると、ある年に感じ、大きな花柄は好きであっても無理とわかってお別れした。小花柄はだいじょうぶなはずが、なにゆえに。顔が一年分老化した？

単なる一年分の加齢とは思えない。「非接触性老化」というべきだろう。会話を最小限にとどめる日々。驚きに目を見張ったり大笑いしたりすることがない。表情筋が衰えもしよう。雑談が顔の筋トレになっていたのだ。動きの乏しさは血行、すなわちくすみにも影響しそう。

食事に云々のコメントを残した人は、届いて着てみて「こんなはずでは」と愕然《がくぜん》とすることはなかったか。いや、そうであっても前向きな人だから、顔ヨガに励んでいるに違いない。

加えてマスク生活。スーパーのレジでは、コミュニケーションの方法として目で笑うが、支払いの瞬間だけ。それ以外はマスクの下で緩みきっている。マスクをしていると、私はなんとなく息苦しく、口が半開きになるが、頬を上げるのではなく、顎を下げる。重力に逆らうより従う方が自然である。それによって頬に生じる下垂ラインが定着した。

「口角は上げていないとだめなのだな」と思った。表情から心を明るくとか人間関係を円滑にとか以前の、即物的な話として。「いつも笑顔で」を遅ればせながら今年の目標に付け加えよう。

消毒液が手にしみる

包丁を右手に、まるまる一個の白菜と格闘していた。八分の一ほどを夕飯に使いたいのだが、まな板の上で転がりやすく、かつ持て余す大きさだ。左手で押さえつけて、ぐいっと刃を入れ……。詳細は省略して、先へ進める。痛そうなことを想像していただくのは気がひけるし、私もそう具体的には思い出したくない。

ともあれ「痛でっ《い》！」。声を上げる。ひとり暮らしだからいいけれど、家族がいたら何ごとかと思うだろう声。左手の親指を二センチ半ほど切っている。

ティッシュを巻いて調理の続行を試みるも、血が止まらない。ティッシュにしみ込ませるのがかえって、吸い出しているような。

かさぶたで塞いでしまう方が早いかもと、心臓より高い位置に上げ、しばらく空気にさらしていたら、傷口に血が盛り上がったまま固まった。白菜を使うのはやめ、すでに切ってあったネギ、春菊だけでできるものへ献立を変更する。

食事は無事（?）済んだが、さて、今後どうしよう。コロナのせいで手はよく洗う。絆創膏で保護すると中が湿って、治りが遅くならないか？　かさぶたで傷口を守る方針でいく。

感染防止には、「ハッピー・バースデイ・トゥー・ユー」の歌を二回繰り返す長さで洗えといわれる。かなり念入りだ。かさぶたをはがさぬよう、注意してこすらねば。水を使う家事はゴム手袋をつけて。

意外と危ないのが、乾いた洗濯物をたたんでしまうとき。宅配便を受け取り、梱包材の始末をするとき。古紙を回収に向けて紐で束ねるとき。かさぶたに引っかけそうになり、ゴム手袋を着用してする。

慣れた作業なのにとてもやりにくい。感覚が変わるのに加え、ゴム手袋の先が挟まったり、静電気でビニール紐や梱包材がまつわりついたりとやっかいだ。コロナ禍の始まり以来スーパーなどの販売員さんが手袋をつけていることが多いが、苦労のほどがしのばれる。

切ったばかりのときは「利き手でなくてよかった。そう不便はないはず」と思った。が、自然と両手を使ってしまうものだ。

昔、開腹手術をしたときの傷ははるかに深く、長かった。「あれに比べれば蚊に喰われたようなもの」とも思ったが、そういう問題ではないらしい。あのときは傷が大きいだけに、薬を持続的に投与するなど、よく管理されていたのだ。わりあいふつうに過ごせていたのは、医療のおかげにほかならない。

みかんをむくのに、なにげなく両手で割って「つつっ」。かさぶたの隙間から酸味のある汁がしみる。

極めつきは消毒スプレー。コロナの今はどこへ行っても入口に備え付けてあり、習慣でつい吹きつけるが「つーっ」。思わず顔をしかめるほど。アルコールがこんなにしみるものだとは。

スプレーの前を素通りしづらい空気がある世の中、皮膚の弱い人はずいぶんがまんしているのだろう。

微々たる怪我でも知ることが多い。

こんなときこそお取り寄せ

外食をした最後はいつだったか忘れてしまった。住んでいる東京は不要不急の外出を控える状況。常なら年末年始に兄や姉が、百貨店でみつくろった料理を持ち寄り、私の家に集まるがそれもなかった。家でひたすら自炊中。

食材の買い方も定着した。週にいっぺん近くのスーパーで、保存や使い回しのきくものをまとめ買い。献立も決まってきた。アジの干物や塩サバなどを焼き、糠漬《ぬかづ》け、味噌汁、おひたしなどを準備。段取りを考えなくても、手が動く。

不満ではない。家で食べる方が落ち着くし、献立も健康的でよいと思う。が、こう続くと、食生活が単調になるのは否めない。

あるとき知人からメールが来た。松前漬けの美味しいのを発見しひと袋送った、好きかどうかわからないが「騙されたと思って食べてみて」。知人の興奮がピンと来ない。松前漬けは昔食べたことがあるが、昆布とスルメ主体の醬油漬けで、佃煮に類するものとの印象がある。ご飯のお供ならいつもの糠漬けで充分だけど。

届いて驚く。数の子入りで、しかもかなりの含有量だ。このお正月はおせち料理も省略したから、数の子なんていつ以来だろう。醤油の色からして塩分が高そうでひるむが、食べてみると予想外に口に合い、ご飯が進む、進む。「この一年間なかった味だ」と思った。

ネット上にお取り寄せのサイトをみつけ早速注文。きょうだいにも送ろう。おせち料理の数の子は好んでよく食べていた。あの人たちも松前漬けを佃煮の仲間と思っており、数の子がこんなに入ったものがあると知れば驚くはず。久しく会っていないので、今の状況を知らない。塩分やコレステロールを厳しく制限しているところだと悪い。あらかじめメールし、差し障りがなければ送りたい、なじみはないだろうけど「騙されたと思って食べてみて」。興奮のメールを、自分が送る側になった。

やがてそれぞれからよろこびのメール。数の子の含有量も感動だが「気にかけてくれてうれしい」と。よろこびはそこなのか。

たしかに「どうしているだろう」とは思いながら、頻繁にやりとりはしていない。端末の操作がおっくうな者どうしだし、忙しいのに煩わせてはいけない、との遠慮もある。が、こういうなかなか会えないときは「気にかけている」とわかりやすく形にして伝えることもだいじだと思った。

以来お取り寄せが、食生活やきょうだいとの関係におけるアクセントとなっている。数の子はそうしょっちゅう送れないが、銀ダラの西京漬け、鮭の粕漬《かすづ》け、スーパーで手に入りにくい種類の干物など。

検索していると、お取り寄せ市場は今、元気だ。外食需要の落ち込みから生産者・製造者が通販に力を入れているといい、消費者も積極的に買い支えようという呼びかけが、ネット上でされている。単調さから救われ人の応援にもなるなら、ぜひ続けたい。ご飯の食べすぎに注意しながら。

ＬＩＮＥ（ライン）を始める

ＬＩＮＥはずっと、必要ないと思っていた。家族や友だちなど複数の人にメッセージを送れる、通話料がかからないなど、よい点はいろいろあるらしい。他方、メッセージに返信しないと「既読スルー」になってよくないとか、それが負担でやめる人もいるとか聞くと「面倒だな」と。

ひとり暮らしの私は、常に連絡をとり合う人はないし、用事ならメールが来る。迷惑メールを除いてもかなりの数で、返信に日々多くの時間を費やしている。これ以上なくていい。

それが一転、始めたのは、ジムのレッスンでの知り合いからサークルに誘われて。レッスンと同じ運動を、地域の体育館に集まり、先生を招いて行っているそうだ。「行きたい！」と即答すると、日時などの詳細はいつもグループＬＩＮＥで連絡しているという。「それってどうすれば読めるの？」。知り合いにスマホを渡し、ＬＩＮＥをインストールするところからしてもらった。

グループへの登録が済むと、画面にいきなり「知り合いかも？」と多数の名が現れる。「電話番号から友だち追加されました」とある。「何、これ？　全然覚えないんだけど」。動揺する私に「あー、とりあえず放っておいてだいじょうぶ」と知り合い。

後で目を通したら、十年以上前に仕事でいちど会った気がする人や、待ち合わせか何かのため携帯電話の番号を教えたかもしれない人だった。ケンカ別れしたわけではもちろんないが「友だち」という間柄でもないので、何もせずにおく。ひとり「またぜひ仕事をごいっしょに」と書いてくれていて、その人には「こちらの方へご連絡下さい」とパソコンのメールアドレスを案内した。

サークルの連絡にはたしかに便利だ。日時決定の知らせがあると、メンバーからただちに、参加・不参加が、漫画の吹き出しのような形で示される。「了解です」「ありがとう」などよく送るメッセージには、それを伝えるイラストも用意されている。スタンプというのだが、文字を入力して返信するより、このスタンプを送る方がずっと早い。サークルの二時間前に、先生がギックリ腰で来られなくなったときは、このスピード感がおおいに役立った。

サークルのほかにＬＩＮＥをするのは、兄である。数の子を送った後のお礼の電話で、久々に話した際、意外にも兄がＬＩＮＥを使えると知った。「西京漬けを送りたいけど、家で魚を焼くことある?」といった、電話で煩わせるほどではないことも訊きやすい。メールをしない兄とは、姉との間に比して連絡の頻度に差のあるのが気がかりだったが、おかげで解消。姉は逆にメールはするけど、LINEはしていないという。

私もサークルと兄以外には、LINEでつながる範囲を広げないと思う。続々と現れる「知り合いかも?」も設定を変更すれば、表示されなくなるそうだ。「友だち」認定していない人には申し訳ないが、苦になってしまっては本末転倒。自分に合った使い方をしていきたい。

端末操作はほどほどに

在宅ワークでは体調がいいはずが、つまずいた。無理のきくところとそうでないところがわかった、家でひとりで仕事する限りは根を詰めてもだいじょうぶというつもりでいたが、いい気になりすぎていた。

銀行でＡＴＭ画面を操作していると、頭痛とめまいが。マスクのための酸欠かと、外して深呼吸するが治まらない。頭の重い感じはこの一週間ときどきあり「若い頃と違って血圧が上がっているのか」などと思っていた。

考えてみれば、かかりつけ医で定期的に健診を受けているものの、脳についてはノーチェック。頭の中で何か異変が起きているのではと、かかりつけ医に寄ることにする。

問診の結果は「筋緊張性頭痛」。ひらたく言って肩や首の凝りから来るもので、長時間同じ姿勢でいるとよくないそうだ。もしや連夜のパソコンが？

頭痛薬の処方のほか、体操を指示される。運動ならジムのダンスフィットネスに通っているが、そういう話ではなく、一時間パソコン作業をしたら五分休んでほぐすくらいのペースがだいじらしい。画面の脇によく「入力時間が長くなっています。休憩しませんか」といった忠告が出るのを「いまどきの機械はおせっかい」とスルーしていたが、素直に従うべきだった。

このところ書くべきものが多かったのは事実。ダンスフィットネスに間に合うぎりぎりまでパソコンに向かい、電源を切らずにジムへ。ひと踊りし風呂に入って戻ったら、再びパソコンの前に座り、続きを書くのが常となっていた。日付をまたぎ、どうかすると明け方まで。

息抜きもまたパソコンだ。柴犬の動画の鑑賞しかり、ショッピングしかり。のめり込むタイプの私は、食品保存容器ひとつ買うにも、汁の漏れない密閉蓋か、重ねて収納が可能か、食洗機や電子レンジに対応かなど、詳細に検討する。かつ合計額が送料無料になる最低線を超えるよう、個数を入れ替え再計算しては、微妙に調節するのだった。

執筆なら二時間もすれば中断したくなるのに、そういうときの集中力の持続はわれながら驚くものが……感心している場合ではない、体にとってはそれが「復讐案件」だった。ちょっとでも無理すると如実に復讐されると、連日のジム通いで学んだはずなのに。

息抜きを含め、端末の操作はほどほどに。目標に付け加えよう。

検索しすぎ

「頭痛持ちになるとはな」。心の中のつぶやきだ。診断された「筋緊張性頭痛」が、意外としぶとい。日常生活をこなせる程度の痛みが特徴といわれる。たしかにこなせてはいる。が、ＱＯＬは一割方落ちる感じ。めまいが伴うと特に。

首や肩の凝りがよくないらしいので、張りをおぼえると膏薬を貼る。昔テレビドラマでおばあさんがよく、湿布薬や磁気治療器を、着物の襟から出ている部分やこめかみに貼っていたが、あの姿に似てきた。

ある明け方、布団を押しのけようとしている自分の動きに眠りを破られ、はたと気づいた。布団が重すぎるのでは？　しばしば朝から頭痛がするのが謎だった。「前夜のパソコン操作の凝りが残っている？」と考えていたが、布団も原因なら理屈が通る。

翌日早速、改善策に乗り出した。まずは現状把握から。

寝るときに掛けるのは、下から順に、薄い綿ケット、羽毛布団、毛布。上から蓋をすることで、熱が逃げないと聞いてだが、この毛布が重たそう。グレーという色で選んだもので、厚めだ。

毛布を直接計量するのは、形状からして難しいため、抱えて体重計に乗り、次に身ひとつで乗り引き算する。一・八キロ。

布団カバーもよくないかも。側生地《がわきじ》の柄が趣味に合わず、無地のグレーのカバーでくるんでいるが、見た目の問題であり余計といえば余計だ。外して毛布同様に計量すると、一・二キロ。計三キロか。

カバーをあきらめ、毛布を軽いものに替えれば、かなり改善できる。

そこからの行動は、ご想像いただけよう。「毛布　軽い　グレー」を検索ワードに、ショッピングサイトを次々と。「軽い」と言っているのになぜか、重くてずれにくいことをうたった五・五キロの毛布を出してくるサイトも。条件をまるで無視している！「下手な鉄砲も数撃ちゃ当たる」方式かもしれないが、かえって逆効果では。

商品情報に重さのない店の多さにも、驚く。「ふわとろ」「癒し」「上質な夢を」といった主観的な形容より、数値を示してほしい。検索に時間がかかり、凝りがまた……。

七百グラムのをみつけて、今は配送を待っている。この流れで枕や磁気ネックレスへ行きそうな気がするが、サイトおよび出品者の皆様には、絞り込み機能とデータの充実をお願いしたい。

バージョンアップを迫られて

ブログの記事に間が空いてしまっている。前回アップしてから二週間以上。「ブログの意味がない」。会社を辞めて起業した人に言われた。フリーランスにとって受注につなげるたいせつなツールだと。

オフィシャルサイトは人に作成・管理してもらっていて、受注の窓口があることはある。ブログはサイトの中にあり、その記事だけ自分で書く。

それでもブログは欠かせない営業ツールであると、先述の人。ブログを読んでサイトへ来る人がいるし、読んでもらうには頻繁に更新しないと。何回か覗いて同じ記事では訪問しなくなる。たしかに。

書かねばという気持ちはあり、載せたい写真をスマホで撮ってもある。そこで止まってしまっているわけは、ブログ作成の画面が変わったため。

前々からバージョンアップは迫られていた。ログインするたび「今すぐ更新して下さい！」と強い調子で催促されるも、使い勝手が変わるのが嫌で、無視し続けていたらついに実力行使……擬人的にとらえてはいけない、私が誤って自動更新に切り替えたか、サイトの管理者が更新したか。ともかくある日突然、変わっていた。前はタイトルと本文を書く場所がはっきりと分かれていたのに、今度のは枠がなくなり、どこがどうやら。写真の掲載も前はドラッグ・アンド・ドロップでよかったが、それだと消える。

操作法が後から変わることのあるのが、家電一般と異なる情報機器のやっかいさだ。苦労して使えるようになったところで。しかもしばしば断りなしに。なんとなく後出しジャンケンされた気分。

バージョンアップに理由のあるのはわかる。脆弱性がみつかってユーザーを守るためとか、利便性の向上のためとか。前者はまだ納得できる（それだって本当は事前にみつけてほしい）が、後者に関しては「変わる」ということそのものが何よりも不便なのだ。私のような覚えの悪い人間にとって。スマホのGメールの赤いM字が、知らぬ間に四色に変わっていただけでうろたえる始末。聞いていない！

ブログを放置してもおけないので、新バージョンの操作法をネットで調べる。わからない略語が出てきては、それをまた検索し、一点の写真と七行の記事をアップするのに三時間かかってしまった。

こんなふうで生き残れるのか不安だが、やるしかない。

私は騙される

よく利用する通販サイトから「セキュリティ警告」なる件名のメールが来た。知人の体験談である。気になる件名にクリックすれば、不審なサインインが検出されたため、お客様のアカウントを停止したという。

ひやりとする。危うく自分のカードで買い物されてしまうところだった。二十四時間以内に情報を更新しないと、アカウントを使えなくなるとのこと。忘れないうちに対応する。メール中の「管理画面へ」の案内をクリックすれば、通販サイトの見慣れたロゴだ。ID欄には自分のメールアドレスが表示されており、その下のパスワード欄に入力する。続いて氏名、住所、電話番号、生年月日、カード番号、有効期限、セキュリティコードまで。完了し画面を閉じたところで、はっとした。もしかして詐欺? サイト名+メールの件名で検索するとまさに、さきほど閉じたばかりの画面が例示されている。

ひやりどころではなく、全身から血の気が引いた。すぐさまパスワードを変更し、カード会社に電話する。つながるまで、ただいま新型コロナウイルス感染拡大の影響により云々の自動音声を聞きながら「この間も刻々と引き落とされていく」と歯噛みする思いだった。

幸い被害は防げたが、個人情報は流出してしまったわけで……。気味が悪くなり電話番号を変えた。そのお知らせの電話で、私にとくと語ったのである。

直後に私のスマホにも似た件名のメールが。ネットで調べると、出るわ、出るわ、詐欺メールの画面例が。ロゴがそっくりなのは言うまでもなく、することがいちいち巧妙だ。「パスワードは誰にも教えないで下さい」とか、よくある質問例として「メールがサイトから送信されたものかを確認するにはどうしたらいいですか」など「お前が言う？」的な文言が並んでいる。本物からだいじなメールが来ても区別がつかず、無視してしまいそう。

まさか自分が引っかかるとは、と知人。テレビで「私は騙されない」と題する注意喚起番組を見ても「世の中にはこんなことで振込に行ってしまう人がいるのか」と、どこか他人事《ひとごと》だったという。

振込むとか現金を送るとかのアクションを伴うとは限らない。家にいても「私は今日騙される」との危機意識を持って日々過ごそうと思う。

写真データの消去

本棚の前にコードの先が落ちている。買い替え前のノートパソコンだ。とりあえずいちばん下の棚に入れたのだった。新しいのに慣れないうちはおっかなびっくり。何かあったら戻れるようとってあった。二ヶ月半出番なく過ぎ、もう処分していいかも。

自治体のごみの出し方を調べると、提携の事業者に申し込めば無料で回収されるらしい。事業者のホームページには、データの消去も有料で請け負うと。これは便利。

引き取りは最短で翌日だ。翌日をクリックしかけて、ふと指が止まる。消去してだいじょうぶ？

パソコンはノートとデスクトップの二台体制だ。ノートではメールの返信や、ブログの更新。文書の作成、メールの保存はデスクトップで行っている。

将来デスクトップを買い替えるときは、データの移行を販売店の出張サポートに依頼するつもり。ノートはそこまでしなくていい。こちらにしか残してないのは、ブログに載せた写真くらい。それなら自分で取り出せそう。適した容量のＵＳＢメモリをそのうち買って、というところで止まっていた。

写真……。どれほど保存したいものだろうか。この中に入っているものを思い出してみる。期間はこの十年ほど。親きょうだいの写真はなく、日々の食事、旅先の風景、まれに私の写ったもの。自撮りはしないので、旅先で誰かに撮ってもらったとか、仕事先で記念撮影したとか。

「なくていいな」。再びは得られぬ点で貴重だし、過ぎた日々への愛惜もある。が、それを言い出してはキリがない。もとより人生は一回性……話が急に広くなったが、要するに「とっておいても、そうは見ない」と考えたのだ。

むろん目にすれば「十年前は私も少しはかわいかったな」などと、いっときの自己愛にひたれるかもしれず「こんなところへ行ったな」との感慨もわこう。が、忘れがたい風景は、写真なしでも脳内で再生できる。「私も少しは」云々になると「だから何?」という世界。

家族写真は別として、大人になってからの写真は、多くの場合、撮った時点で完結しているのではなかろうか。風景を前にした胸の高鳴りも、記念撮影のときの一体感も、そのときがたぶんピーク。

だいじょうぶ。消去で失うものはない。翌日の引き取りをクリックした。

不調のモトはどこにある

体調管理の油断をつかれた筋緊張性頭痛。経過を先にご報告すると、おかげさまで気にならないまでに治まった。慣れもあるかも。

原因のひとつに毛布を疑い、検索したとき予期したとおり、私の探求心は枕へと移っていった。

調べるとこれがなかなか奥深い。硬さ、高さをめぐる論争。首の骨のカーブをいう頸椎弧の深さ、仰向き寝か横向き寝か、寝返りの頻度など、実に多くが関係し、考えるとそれこそ頭が痛くなりそう。

睡眠中の自分の姿や癖はわからないが、枕に頭を沈める瞬間、エレベーターがふわっと浮くのに似た違和感があるのは確かだ。中央がやわらかく凹《へこ》む枕である。長年快適に使ってきたが、もしかしてもっと硬くて高い方が、今の私に合うのかも。

専門店でフィッティングするかオーダーメイドするかが理想だけれど、緊急事態宣言中で出かけにくい。家にあるもので試作することにした。

タオルを固くたたんで重ねる↓ずれやすく、まだやわらかい。木製のティッシュペーパーボックス↓硬すぎる、江戸時代の箱枕？ キッチンマットを折りたたみ、中央部にタオルを挟んで補強↓これは当たり、硬さも高さもばっちり。ピローケースに入れたら型崩れもなし。こーんな簡単にできるとは！

しばらくそれを使用し、めまいのない日は元のに戻し、取っ替え引っ替えするうちに、いつの間にか治まっていた。ほんと、何が悪くて何でよくなったのか。

治まるまでの間は、体温を日に何度も測った。今は不調をおぼえる多くの人の頭をよぎるのは、コロナだろう。うっかり薄着しちょっと鼻水が出ても「嗅覚異常はないだろうな。味覚は」と台所に急ぎ、糠味噌を嗅いで、塩を舐める始末。これって尋常でない図では？

コロナ以外でも体調を崩してはいけないという緊張がある。初めのうちは「医療現場に負担をかけないように」と、どちらかといえば協力のつもりだったが、しだいに「何かあっても治療を受けられないのでは」という、より差し迫った危機感になった。

もしかしてその緊張も原因のひとつ？ 顧みれば頭痛が始まったのは、感染者数が日ごと見たこともない値を示した頃。

肩の力を抜きつつ自分で身を守る。難しいが実行していこう。

コツコツのできる人

表情筋を動かさない日々が続き、顔の衰えを感じていたところへ、知人女性からメールが来た。私が筋緊張性頭痛になり、枕を探した話を読んだそうだ。「頭皮マッサージ器は試した？」。

小型家電で、あくまでも美容機器であり、頭痛を治すためのものではないが、凝りがほぐれて気持ちいい。血行を促進するせいか、肌の色つやがよくなり、フェイスラインも心なしか上がるようだと書いてある。

頭痛が治まっている今の私は、結び近くに記された、顔に感じているという効果にひかれる。頭皮は顔とひと続き。そちらを刺激すれば、顔も活性化しそうだ。むろん頭の凝りもとれれば言うことなし。

そこからはご想像がつくだろう。枕のとき同様、検索にのめり込む。材質、刺激の周波数、振動回数。防水性の有無、コードレスか否かなど、深みにはまりかけたところで、はっとわれに返って問いかける。

ベストな機器を選択したところで、私はやるか？　答えはすぐ出た。「やらない」。大昔も何か頭皮をこする棒のようなものを買った気がするが、購入したきりだった。「一日五分、テレビを見ながら」とのうたい文句に、ならばできそうと思ったが、実際にそれを持つため五分間も手をとられるとなるとじれったい。テレビを見るときは、画面に集中するタイプ。「ながら」式に向かないのだ。検索をやめられないのも、根は同じかも。いっきに解決したく、コツコツと努力を重ねるのが苦手といおうか。

いっきに解決といえば美容医療だ。久しく行かず、前に受けた引き締め治療の効果が続くとされる期間は、とうに過ぎた。電話すると、意外にも、緊急事態宣言期間内は予約がすでにいっぱいという。

最初の緊急事態宣言中は、不急の施術を控えるよう、美容医療側から呼びかけられた。対面の機会が少なく、会うとしてもマスクなのは、客からすれば顔をいじる絶好のチャンス。そうした需要の高まりに対し、消毒液などの限られた資材を、逼迫した現場へ回すためと。その後資材不足が緩和され、受診はもうためらわなくていいことになったのか。新型コロナウイルスのある生活もこう長くなると、状況は移り変わる。

変わらず言えそうなのは、コツコツと努力する人が強いこと。「塵積《ちりつ》も」の差は、たぶん大きい。

十分の待ち時間

頭皮マッサージ器を話題にしたら、まさにはまっているとの反応が知人から来た。防水性の機種にして、入浴中にもみほぐすことを毎日と。私なんてカラートリートメントの十分すら待てないのに。

せっかちゆえ話をはしょりすぎた。説明を交えつつ進めねば。

カラートリートメントは、シャンプー後に使うトリートメントに、カラーリングの効果を加えたもの。髪の中まで色を入れ込む毛染めと異なり、表面に色をつける。私は美容院で毛染めをし、その間のつなぎに、カラートリートメントを用いている。毛染めに比べ、髪は傷みにくい。

洗髪のたび少しずつ色落ちするため、しょっちゅうしないといけないのが難点だが、そこは各メーカーがこぞって手軽さをうたっている。自宅にいてバスタイムにできる、ふだんのトリートメントに置き換えるだけ、わずか十分置くだけで等々。

その十分が、私には「あり得ない」。十分もの間、風呂場で何をせよと？　私のバスタイムは、計ってはいないが、かなり短い。必要最小限のことで済ませる。そういう人のためにか、放置時間五分の商品も出たが、まだ「長い！」と感じる。若い頃と違い皮脂の分泌量も落ちているので、体を洗うのも、ほんと、ささっと。五分なんて、バスタブに湯を張り、本でも持ち込まないと無理だが、眼鏡がくもるので、できない相談だ。

シャンプー前の乾いた髪に使う方法を併記している商品があり、それにした。服を着たまま、洗面所の鏡で塗って、シャワーキャップを被る。その上から眼鏡をかけ、家の中を歩き回って、片付けたり、メールしたり。

そのためにシャワーキャップを、ホテルに泊まるたび持ち帰ってストックしていたが、新型コロナウイルスでずっと「禁足」となり、ついに尽きた。代わりにキッチンのラップでくるむ。左耳から頭頂部を通って右耳へと渡し、箱を半回転させ、ピッと切断。その上から眼鏡をかけ……。

「結局、何かしているのだな」。何もしないのは、眼鏡をかけられない美容院のときくらいか。大きな字の本を選んだりルーペをかざしたりしてみたが、目が疲れ、あきらめた。

私が美容院に行くのは、年に四、五回。何もしない時間がたったそれだけ!?

「性分だな」とつくづく思う。いや、もう少し年をとれば変わるかも。

出番のないモノ

コロナ禍の前から、モノをため込んではいなかったつもりだ。最大の片付けといわれる引っ越しを、コロナ禍に先立ってすでにしていた。しかも二回だ。自宅の全面改築のため仮住まいしたのである。そのときにかなり減らした。

けれど不要不急の外出の自粛や在宅ワークでずっと家にいると、しまったきりのモノが気になる。服と本は宅配買取にして、断捨離のいまだ及んでいないのが……敷物だ。

キリムという敷物をご存じだろうか。トルコや中央アジアで作られる織物で、絨毯のような毛足はなく、薄い。遊牧民の手になる素朴な風合いを愛《め》でてきたが、自宅改築後は出番がなくなっていた。改築で床暖房にしたところ、敷物がない方が暖かいとわかってしまったのだ。

それでもなかなか手放し難くクローゼットの奥にしまってある。面積にして二畳ほどのものを二枚。折りたたんで重ね、その上にスーツケースなどを置いているが、それって持っている意味があるか？

使わなくなったモノの処分を考えるとき、多くの人の胸をよぎるのは次の思いだろう。「これだって買えば高い……」。いや、もう買わないから高くても関係ないが、モノは悪くないので、ごみにするのはいかにも惜しい。服と本を宅配買取にしたときは、査定額は目を疑う安さでも、ごみにならなくて済むだけで御の字だった。キリムも同じ方法で手放したい。

が、いざ実行に移そうとすると、難しい。服や本の宅配買取なら検索でいくらでも出てくるのに、敷物は「何でも買います」をうたう業者も取り扱い品目にないのだ。絨毯・キリム専門店のサイトをようやくみつけ、宅配買取申込フォームに入力する。買った時期、産地など入力欄がかなり多い。

画像の添付を求められたところで挫折した。写真を撮るには、まず家具を移動させて場所を作り、クローゼットの奥から、上に載せてあるモノをどけて取り出し、床に広げる。その作業を思うと……。

中途半端に終わった断捨離。次こそは、と思っている。

思い出グッズを処分して

家にいると収納場所の「開かずの扉」が気になってくる。出し入れの途絶えたそこには、何かが死蔵されている。

リビングではカップボードの一角だ。上半分は飾り棚のあるガラス扉だが、下半分は木の扉。うち一枚を久しく開けていない。

思い立って開けると「あ、これか」。昭和レトロなカップ&ソーサー三客とケーキ皿だ。国内のメーカーのもので子どもの頃使っていた。飾り棚にも一客置いてあるが、来訪者で「懐かしい。うちにもありました」と言う人がよくいるから、かなり大量に出回ったのだろう。

両親が結婚に際し購入したと聞いている。一九五〇年代末、戦後の復興を果たし高度経済成長期に入って、洋食器が家庭に普及し始めた頃。私がもの心つくのは一九六〇年代半ばだが、家ではなぜか日曜の朝はパン食で、貸家の畳に日本式に座り、トーストにママレードを塗り、紅茶とともにその器で食したのだ。家にあった唯一のセット物の洋食器なので、よく覚えている。

カップボードにあるのは正確には、家にあった品そのものではない。同じ色柄のを二十年余り前、骨董店でみつけて買った。当時の私は母親を亡くしたばかりで、回顧モードだったのだろう。

生産時期を調べるうち、戦後の日本人と洋食器の歴史にも感ずるものがあった。家庭用のセットを、月々の負担を抑え少しずつ揃えていける頒布会という方式もとられたそうだ。つましいながら生活をよくする夢を抱いていた。あの頃の大人のほとんどが戦争を経験しているはず。これからは暮らしも社会もよくなると、明るい未来を思い描けた昭和中期。

そうした思いがありながら、現実には死蔵である。父も亡くなったから「きょうだいがうちに集まるとき、親をしのんでこの器を」と思うが、いざそのときが来ても使った例《ため》しがない。後片付けのことを考え、食洗機に入れられる器をつい選ぶ。思い出のカップは金《きん》彩《だみ》があり、食洗機だと剝げてしまうのだ。だからといって空気が澱んだような「開かずの扉」の内にしまい込んでおくのは……。

飾り棚の一客だけ残し、ほかは処分することにした。これまで親の思い出グッズは原則、断捨離の対象外としてきたが、聖域に及ぶときがついに来た。

二親の没後の長い心の喪がようやく明けたことを、意味するのかもしれない。

ただいま第二次縮小期

親の思い出につながる洋食器を手放し、しんみりしたのはいっときのこと。それを機に断捨離スイッチが入ってしまった。次に気になってきたのは和食器だ。二段の棚に収めてあるうちの、同じものばかり使っているような。収納の仕方が悪いのか、点数そのものが多すぎるのか。

親関係は少なく、ほとんど自分で買い集めたものである。

収集の歴史を振り返ると、拡張期と縮小期とに分かれる。前者は三十代終わりから四十代、住まいの購入がきっかけだ。空間にゆとりができたのと、気持ちの上でも「仮の宿り」時代から変化。それまでは「割ってしまったら残念だから、よい器は外食で」と考えていた。「つまり毎日を丁寧に暮らすようになったのですね」「はい、そうです」的な受け答えが、大昔のインタビュー記事を探すと出てくるかもしれない（赤面）。

社会生活でもよい器に接するようになる年代。事典や博物館で調べたり、出張先でも時間があれば古道具店を覗いたり。自宅宛に宅配便で送ったことが、幾度あったか。

縮小へ転じたのは、四十代の終わり頃。出し入れしづらいほど詰まった和食器が、満足を追い求めた果てにモノで身動きとれなくなっているありようを象徴するようで、ふと、むなしくなってしまったのだ。「使いきれないほど持っていても仕方ないな」と相当処分。店にも全然行かなくなった。

そして五十代の終わりの今、第二次縮小期に入ろうとしているのか。

減らす前に、収納の仕方を改善しようと、ラックを買って、各段の空間をさらに上下に分けることに。ラックを設置するには、いったん空にしなければ。床に布を広げ、サイドボードの中身をすべてそこへ。

すると「あ、これはもうお役ご免でいいな」というものがひと目でわかる。これは代表的な文様と、知識からひかれて買ったが、状態のよくないものなどだ。

服の断捨離では、まず全部出してみよ、といわれる。話には聞きながら「たいへんすぎる。そんなことしなくても、自分の持っているものくらいわかる」と実行したことがなかったが、たしかに効果絶大である。おかげで出し入れはぐっと楽に。

この快適さを知ったからは、もう増やさないつもりだが、人生は常に未知なもの。第二次拡張期の来る可能性も、排除せずにいよう。

汚れをスッキリ落としたい

大掃除の際に、し残した箇所がある。キッチンの換気扇の羽根だ。住まいを改築し今の換気扇になってから、一度だけ洗った。そのときは自分で行った。

これがもうひどく手こずったのだ。

わが家のはプロペラ型の羽根ではなく、シロッコファンというタイプ。円筒形で側面には、金属製の縦長の板のような羽根が多数、傾きをつけて並んでいる。

この板にスプレー式洗剤を吹きつけて、板と板との狭い隙間から歯ブラシを差し込み、一枚一枚こするが取れない。埃と油が固まって膜となってこびりつき、油汚れ専用の洗剤でも溶けないのだ。金属製のへらでこそげ落とそうとしたら、塗装を傷つけてしまった。

困り果てた末に鍋で煮た。シロッコファンの形に合う寸胴型の鍋になみなみと水を張り、キッチン用の洗剤を多めに入れて沸騰させる。

しばらく煮たたせてから見にいくと、どす黒い湯の中にねずみ色の紐状の埃が何本も。板から剝がれた形のまま、漂っているらしい。換気扇を使えないキッチンに、古い油の臭

い の混じった湯気が充満していた。

鍋はよく洗ったが、その後料理に使うたび、どす黒い湯に埃の紐が浮遊している残像に悩まされる。臭いの記憶もよみがえる。根性がないことだが「次に洗うときはプロにお願いしよう」と思った。

大掃除のシーズンは混みそうだし、料金もシーズンオフの方が割安になるのではと、先延ばしすること数年。汚れも相当溜まっていそう。大掃除の時期が過ぎた今なら頼みどきだが、その前に試してみたいものがある。

この間私は重曹にめざめた。キッチン用洗剤とともにスポンジにつけてこすると、シンクのくもりがよく落ちる。重曹は油汚れに効くそうだ。ものは試しと、換気扇の羽根を外す。板の一枚一枚に、前回同様油と埃の固まった膜が。

歯ブラシでいきなりこすらず、つけ置きしてみよう。汚れが緩めば、こするときそんなに力を入れなくて済む。鍋で煮る代わり、バケツにお湯とキッチン用洗剤を注ぎ、重曹をひとつかみ投入。シュワシュワーというファンタスティックな音とともに泡が出た。

しばらくして覗くと、濁ったお湯の奥に紐状の埃が見えたような。歯ブラシを持った手を突っ込むと、伴って起きるお湯の揺れにより、さらに何本も紐が剝がれてくる。前回あれほど頑固だった汚れが、ほとんどこすらず落ちてしまった。

偉大なる重曹パワー。環境負荷も少ないという。

調べたら、つけ置きは鍋やバケツがなくてもできるそうだ。ごみ出し用の大きめのポリ袋にいっさいがっさい入れて口を結ぶ。たしかに、浅漬けを作るときを思い出してもポリ袋の方が、少ない液でまんべんなく行き渡りそう。

重曹のつけ置き洗いなら、自分でしてもそんなにたいへんでないとわかった換気扇掃除。プロに頼むのも魅力的だが、まずはこの方式で行くつもり。

あちこち拭いて光らせる

キッチン用のマイクロファイバーふきんを使い始めた。生活評論家の本に便利と書いてあり「こういう人はきっと専門店で買うのだろうな」と思っていた。

試しにネットで調べると、いくらでも出てきて拍子抜けした。特定の商品名ではなくて、見たところはふつうのタオル。スーパーや百円均一ショップでも販売されているそうだ。外出を控える状況下、ネットショップで注文した。

三十センチ×三十センチの正方形。タオルの中にはハンドタオルと呼ばれる小さいものがあるが、そんなサイズだ。繊維が綿のタオルとは異なり、髪の毛の百分の一の細さの合成繊維。しかも一本一本に角の尖った溝のようなものがあり、その構造が水をよく吸うという。汚れもよく取るが、繊維がやわらかいため、たいていのものに表面を傷つけることなく使えるそうだ。

洗った鍋を試しに拭くと、たしかに面白いほどの吸水力。ふつうは拭いてもうっすら湿りが残るものだが、きれいに取れている。

これまで使っていたのはフェイスタオル。その名のとおり洗顔後に使うもので、鍋など大きなものを拭くには、このサイズがハカが行くため、キッチン用にしていた。まとめ買いしてあるけれど「これからはマイクロファイバーふきんに総取っ替えしてもいいかな」と思うくらい。

汚れをかき出し、からめ取る力も感じる。私は鍋を洗う際、こすり方が不充分なのか、拭いた後もうっすらとくもっていることが多いが、それが消えている。角度を変えて見るたびに、銀色の鍋底がキラキラと照り返すほど。

実は私は「光らせ好き」。水栓が光っていると、ほかの部分の掃除が行き届かなくても、きれいになった気がするものだ。漫画でよく掃除を完璧に仕上げたことを示す際、星に似たマークを入れるが、あの効果である。

「これはいい！」。キッチンの水栓を拭き、トイレや洗面台の水栓を拭き、ついでに洗面台の鏡も拭いて、家の中のキラキラ度が増した。洗面台の鏡に水のはねた白い跡まで、消える。落ちにくければ、水を少々含ませてこすると、洗剤なしで、ほぼすべて。

光らせるのにこれまでは、メラミン樹脂のスポンジを使ってきたが、洗って絞るうち消しゴム状に摩耗して、使い捨てに近いのが気になっていた。マイクロファイバーふきんはむろん繰り返し使える。マイクロファイバーふきんでできるところはこれに替えれば、資源節約につながるかも。洗剤の量を減らせるのも、環境によさそう。

キッチンのタオルと総取っ替えには至らず併用だ。光るのによろこんでマイクロファイバーふきんをずっと握っていると、気のせいか手の水分や油分まで持っていかれるようで、ちょっと手を拭くときはタオルに。手を洗うことが常より多いせいもあろう。

表面を傷つけることは今のところ起きていないが、漆器などやや心配なものがあれば、目立たぬところでまず試すのをおすすめする。

花の下にて

自転車で三十分ほどのところにある広々した緑地は、桜の名所だ。五十種類もが植わっていて、その数二千本とも。飲食禁止のこの春も人出は多く、道路は渋滞したと聞く。それも染井吉野が満開の週末だけのこと。後れて迎える里桜の盛りの頃は、平日は特に人もまばらだ。その頃合いに行ってみた。

桜は時の流れを意識させる花。断捨離の中で古い写真の整理をしたら、亡き母がこの場所で撮った写真が出てきた。私と来たことはなく、兄が連れてきたらしい。兄と両親が住んでいた家は、車なら近い。

姉の家も遠くなく、息子たちは小さい頃自転車でよく来たそうだ。思うさま駆け回れて、元気のあり余る子にはうってつけだろう。ぎりぎり昭和生まれのはずだから、彼らももう三十を越えたのか。

家族のことを思い出すのは、少し前の知人のメールが影響していそう。地方都市に住む同世代の女性で、仕事で知り合い、たまにメールを交わしている。先日のメールには、九十一歳の父が長い入院の末、この春旅立ったとあった。コロナ禍に面会が許されたのは幸いだったこと、通ってくる妻や娘への気づかいと看護や介護にあたる人々への感謝を常に口にしていたことが記されていた。節度ある文章にも、故人への思慕を感じた。

彼女のいる地方にも桜前線は到達した。喪の中にいる母娘の目に、今年の桜はどのように映っただろう。哀しみの浄化される瞬間はあっただろうか。「たいせつな人との別れは深く癒えない傷を残していきますが、その痛みこそがかけがえのない何かを教えてくれるのだと思います」とメールは結ばれていた。

歩いていくとベンチに四人腰掛けている。いずれも白髪の女性三人、男性一人。飲食禁止なので、ただ座って前を眺めている。距離感とどことなく似た顔つきからして、きょうだいと推察される。桜の季節の再会か？　兄と姉にはコロナ禍が始まって以降久しく会っていない。

通り過ぎてしばらくのち、振り返って唸った。四人揃って背中が丸い。「あの丸み、いい味出している」。

若いときの私は、桜に特に反応しなかった。むしろ、皆が賛美するものを愛でることに抵抗をおぼえていたから、ほんと、幼稚。今はこんなに深く味わっている。年をとると感受性は、鋭くなくても豊かになる。そんな気がする。

もう懐かしいメロディ

参加しているダンスフィットネスは一曲が三、四分だ。事業を展開する本部から、月に十曲ほど配信され、先生が選ぶという。先生の好きな曲や参加者の反応のいい曲は繰り返しかけるが、やがては新曲に入れ替わり、参加者にすれば「よくやったあの曲、この頃聞かないな」となる。

レッスン前に先生が「たまには懐メロをやりますか」。令和三年三月のこと。リクエストを訊かれた私は、曲名の代わりに振付のサビの部分を再現する。その場にいた人にはすぐに通じて、ひとりが「もう一年になるのか」。

初の緊急事態宣言が令和二年四月七日から。先立って三月には多くのジムがすでに営業を休止していた。少人数制のそのジムも細々と続けてはいたものの、いつ閉まるかわからない。再開の日が来るのかどうかも。内心「今日で最後かも」と臨んでいたのは、先生も参加者も同じだろう。

地方出身の先生の中には、先んじて帰省する人もいた。全ジムが閉ざされたら東京にいる意味がなくなる。移動が制限されないうちにと。あの頃はロックダウンの可能性に、都知事が言及していたのだ。

失業はむろん感染の不安も、先生と参加者の双方にあっただろう。著名コメディアンの死去は、世の中に衝撃を与えた。六十五歳未満の私は、万が一感染しても入院できまい。服用していいのかどうかわからぬが解熱剤を買い置き、高熱では電子レンジの操作なんてできないかもと思いつつ、レトルトのお粥と経口補水液を備蓄した。ひとり暮らしで保健所に電話がつながらないまま、自宅で亡くなった人のニュースは、他人事でなかった。

そんな明日をも知れぬ中いっとき、のびやかで明るい気分になれたのが、その曲だ。振付のサビである、両腕を下から上へ大きな円を描くように回す部分は、肩胛骨のストレッチにもなり、翼を広げるような解放感だった。

あれからもう、一年。幸いお粥は頼らずに済むうち、賞味期限が迫って食べ、経口補水液は、年明けの頭痛の際、期限切れに気づいて飲んだ。お腹は別にこわさなかった。収束にはまだまだ時間がかかりそうだから、新しく買い補充した。私には六十年近い人生のうちの一年だが、六歳の子どもにとっての比重を思うと、身が引き締まる。

曲が始まると「これ、これ」「ずいぶんやったなあ、あの頃」。会話禁止のルールの下、口々に嘆息する。それぞれの感慨を抱いて踊る懐メロであった。

「黙」で守る

「黙食」という言葉が注目されている。協力を呼びかける貼り紙を、飲食店の入口などで見かける。考案したのは、とあるカレー店と聞く。感染リスクを高める客の会話に苦慮して作り、SNSに上げたところ、使いたいとの声が全国から寄せられたそうだ。

促されてではなく、自発的に広まったところが特徴だと思う。

類似の趣旨では「五つの小《こ》」が、都知事により、キーワードとしてボードを掲げてまで提唱されていたが、残念ながら普及のようすはない。ひとえに覚えにくいからだろう。

五つとは小人数、小一時間、小声、小皿、小まめ。小皿とは、大皿に皆で箸を突っ込まずめいめいの皿に。小まめにするのは、手洗い、消毒、マスク、換気。というように補足的な説明が要る。

比べて「三密」はわかりやすかった。短いし「密ですよ！」といろいろなシーンで言いやすくもある。口承性はだいじなのだ。

東京都の銭湯には「黙浴」の貼り紙が。江戸時代からの裸の社交場である銭湯にしてみれば、心ならずものお願いだろうが、印象は悪くない。沐浴《もくよく》を連想させ、禊《みそぎ》や清めといった神聖なイメージにつながるからだろうか。

その点では「黙食」も、僧侶の修行めき、完食し思わず手を合わせたくなりそうだ。

この流れを受けてか、よく行くジムのロッカールームにも「黙衣」なる貼り紙が、あるときから出た。「黙着替えならまだしも、衣は動詞ではないし、ちょっと無理では」と一瞬思ったが、わかることはわかる。

それ以前の貼り紙は「会話はお控え下さい」であり、館内放送も「お客様の安全と、安心して施設をご利用いただくため、会話はご遠慮下さいますよう、ご協力をお願いします」と長い。「黙衣」は端的。かつ、やはり修行を連想させ、所作なども楚々としそう。

イメージも、口承性とともにだいじだなと思っていたら、次に行ったときはよりストレートに「会話禁止！」という貼り紙に変わっていた。お願いベースでは効かなかったか。

利用者のひとりの私は、身が縮む。

いずれもなくなっては困る店であり施設。その場所を守るため徹底せねば。

安全、人それぞれ

住んでいる東京には二度目の緊急事態宣言が、令和三年一月八日に出た。その数日前から私は、頻繁にスマホを触っていた。

通っているスポーツジムは、コロナ禍以降全プログラムがウェブ予約となっている。その予約画面の操作である。

定員はコロナ禍前の半分以下に抑えられているため、早々と満員になる。一人あたり予約できるコマ数も限られる。計画的にとらないと。

宣言の内容は小出しに報じられていた。一度目のように社会経済の活動を広く止めることはしない。感染リスクが高いとされる飲食の場に絞る。具体的には飲食店に午後八時までの短縮営業を要請する、と。スポーツジムは今のところ対象外だが、いずれ八時に閉まるのではないか。

私の予約しているのは八時台。仕事をやりくりすれば七時台で行けそうな日へ、今のうち変更しておいた方がいいのでは。

「ぐずぐずしていると七時台も埋まる」「いや、まだ八時に閉まると決まったわけではない」「決まってからでは遅い」。せわしなく指を動かし予約画面を何度出入りしたことか。

宣言の出た晩ジムのサイトに、知事の要請を受け八時までに短縮との知らせが掲載されたときは、残念であると同時に、これでもう迷わなくて済むと、気の抜ける思いがしたのだった。

宣言の趣旨を考えれば、閉まるかどうかにかかわらず、行かない判断をすべきなのだろう。他方、一度目の緊急事態宣言の解除以降、マスク着用、手指消毒、会話を控えるなど注意に注意を重ねてジムを利用してきた、七ヶ月の経験がある。一度目ほど人の動きが止まらないのには、各人に「安全」と思う行動様式が定まってきているせいもありそうだ。それこそが「コロナ慣れ」「緩み」といわれるものなのだろうか。

例えば私はジムの行き帰り、飲食店の密な席でマスクをせず会話している姿を、窓越しに見て、怖いと感じる。別の人がジムの私を窓から見たら、一室に集まり汗の飛び散るようなことをして危険、と思うだろう。人の基準はかように異なる。

かといって基準を外に求められないことはわかってきた。令和二年の末を前に不要不急の外出自粛が呼びかけられたとき「えっ、一昨日までＧｏ Ｔｏで、遊びに出よ、店で食べよと促していなかった？」と混乱した。送られるメッセージの方向が両極端で、すぐには頭が切り替わらない。そもそも「経済を動かす」と「自粛」とが、二律背反的な関係にあるのだ。

両方を求めるなら、事態に即し自分で考えて行動する。最終的にはそれしかない。

店で食べる

都心の出先で昼どきになった。外食はいつが最後か忘れるくらいしていないが、この日は午後も用事が多い。どこかで何か食べないと。事務所ふうのビルが並ぶ裏通りを行くと、道に黒板の出ている店が。ランチメニューにパスタが数種類書いてある。古い木の一枚扉で中は見えない。

通りを勤め人らしき四人が連れだって来て中へ。店内でもあんな感じで話すだろうか。そろりと店の前を離れる。

緊張し怖じ気づいている私。コロナ前は適当に入ってさっとお昼を済ませるなど、なんてことなくしていたのに。

銀行や郵便局の用事を先にし、決心のつかぬまま、元のところへ戻ってくる。中からは次々人が。会社の昼休みが終わる頃。少しは空いたか。

重い扉を引き開けると、ひとり客が二人のみ。こぢんまりした店内で、テーブルには赤と白の格子柄の布とビニールクロスがかかっている。入口のアルコールスプレーを大きめのアクションで押し、手指消毒したことをアピール。「こちらへどうぞ」。客どうし間隔をとれるよう、一人なのに四人掛けのテーブルへ案内してくれるのがありがたい。アサリと大葉のパスタを注文。ランチにはサラダと飲み物が付くそうで「お飲み物はいつお持ちしましょうか」「食後にお願いします」。

ちぎりレタスの上にかかった白いドレッシングを目にし、次いで口にし感じ入る。学食にあったドレッシングと同じだ。美味しいかと問われれば微妙だけれど懐かしく、またずらしい。家ではドレッシングを使わない。

パスタもすぐ来た。速さからして、ランチ分はまとめてゆでてあるのだろう。アサリは殻付きでなくむき身だが、ふんだんで味は濃いめ、油も多め。

「こういう美味しさってあるな」としみじみ思う。ふだん自炊をしているので、家での方が食材は新鮮で、味つけや油の量も自分好みに作れるだろう。が、そういう美味しさとは別の何かだ。座っていて出てくることそのものが感動的だし、昼からテーブルクロスを使うとか、白シャツに黒ネクタイの人と改まった言葉でやりとりするとか、いずれも、家ではあり得ない。

特別な食材で腕によりをかけたハレの料理でこそなくても、これはこれで小さな非日常。久しぶりの外食にそう感じた。

行かない、行けない

なにげなく目にした動画の、風景に強くひかれる。科学番組も歴史番組も、背景の方を食い入るように見てしまう。

どこまでも白い雪原。こんなところに身を置けたら。湿原を流れる川。カヌーを漕いで、水と空との間に浮かんでいられたら。緑の中をゆく赤い高原列車。乗ってのんびり揺られてみたい。尖塔の並び立つ大聖堂。心ゆくまで眺めたい。

海外旅行をしょっちゅうしていたわけではない。仕事でたまに行くことはあったが、そのたびに「パスポートはどこにしまったか。期限は切れていないか」と捜して確かめるほどの頻度。介護が終わってからは、家をあけられるようになったが一度も、だ。飛行機の狭い席で長時間じっとしているのが、体力的にきつい。世界の旅シリーズのようなＤＶＤを求め家で鑑賞すれば充分かなという気になりかけていた。

そこへ思いもよらぬコロナ禍だ。旅行の自由度は世界一といわれる日本のパスポートを所持していても、渡航の壁は限りなく高い。五感も刺激を欲している。日常生活の基本が在宅ワークで、家、スーパー、スポーツジムの徒歩十五分圏内を往き来。風景といえば、舗装道路と四角い建物ばかりである。

住んでいる東京もいっときGo Toトラベルの対象となり、他県への移動を控えなくてよいとされたが「今は混みそう」「遊びの旅行を税金で補助してもらうのも……」「万が一陽性になり、どこで何していたかを医療従事者や保健所の職員に訊かれたら、その人たちは旅行していないだろうから言いづらい」などと逡巡するうち再び、旅行どころでない状況になった。日常生活に不足はないが、変化がないことは確かだ。

虚弱な私は実際に行けば「寒くて風邪引く」「トイレはあるか」といった些末《さまつ》なことが気になって、風景を堪能できないかもしれない。高原列車も中に入れば、赤でも青でも関係なくなるし、尖塔なんてDVDのドローンからの映像の方がよく見えるくらい。なのに、ひかれる。

人間（私？）は贅沢だ。「行けるけど行かない」のと「行けない」のは違うと思い知るのである。

バーチャルな旅

「こんなに長期間往き来ができなくなるとは思わなかった」。七十代の知人が嘆息する。死ぬまでにいちどマチュピチュを訪ねたいと、貯金してきた。目標額に達しツアーに申し込んだところで、新型コロナウイルスのため中止。再開の兆しはない。自分の年だと、体の状態が一年でがらりと変わり得る、もう行けないかもしれない。バーチャルツアーは関心を持たずにきたが、本気で検討し始めたという。

バーチャルツアーとは、解像度の高い衛星画像やパノラマを使い、家にいながらにして空間移動を疑似体験できるもの。上空から探索し、気になるところへ下りていっては、三六〇度の方向を眺められ、そこを歩いているかのような感覚を得られると聞く。エベレストの頂上やエルミタージュの宮殿内など、世界じゅうの自然遺産、文化遺産の画像が集積されていて、それらとガイドの説明を組み合わせたものを、旅行会社で販売している。

画像の閲覧だけなら、個人でもできる。ネット上の情報の利用に慣れた若い層は、バーチャル帰省の体験をネットに上げていた。狭い舗道や民家の塀が映し出される。何のへんてつもない住宅街のこんなすみずみまでの画像が、ネット上に存在することに、私は驚き、少し怖い。地球を上空から眺め渡すのは「超越者の視点」に似て、禁忌を破るようなためらいもおぼえる。

「死ぬまでにいちど」という知人の悲願には及ばないが、元気なうちに訪ねてみたいところは私にもある。中学一年まで住んだ家だ。経済的な事情から人手に渡った。そこに至るまではあまり振り返りたくない期間なので、足を運ばずにきたけれど、どうなっているだろう。その場に立つのは生々しすぎるが、バーチャル移動でひと目見て帰ってくるだけならいいかと思いつつ、まだ実行に移していない。

正月にネットで話題になった投稿がある。引用ではなく内容を説明すると、コロナですることもないので、実家の画像を検索したら、死んだ父親が映っていた。家の前の道に佇み煙草を吸っている。道の先にいる誰かをズームアップすると、母親だ。妻が帰ってくるのを外で待っていたらしい。思いがけないところに家族の過去が保存されていたのだ。投稿を読んだ人たちから、同様にして懐かしい人たちと「再会」した報告が寄せられた——。

たしかに、集積された画像はリアルタイムのその場所ではない。時間をさかのぼる体験もあり得る。

バーチャルな旅もなかなか奥が深そうだ。

ジワジワ長期化

東京には三度目の緊急事態宣言が、令和三年四月二十五日に出た。二度目の解除が三月二十一日。四月十二日には「まん延防止等重点措置」が適用されたので、何も出ていない「ふつう」の日はひと月もなかったことになる。

一度目は内心、動転した。「週一回食べ物を買いにしか家を出られなくなる!?」。ほかにも生活と健康の維持に必要なことならよいと、落ち着いてから知ったが。

数ヶ月前報じられていた武漢市民のような暮らしになるのか。監視や罰則こそないけれど、移動を制限される経験は初めてで、どういうものだか想像がつかなかった。

あのときを思い出して、と呼びかけられている。緊張感はある。変異株は感染力が強く、重症化も速いらしい。病床が逼迫し、入院先がみつからず自宅ないし搬送中に亡くなる例をニュースで聞くたび「感染したらたいへん」と改めて思う。

そうした警戒心、結果の重大性の認識がありながら「非日常感」は初めてのときより薄れているのを否めない。

食べ物は週一回のスーパーで、それ以外の品は通販でという買い方が習慣化した。出かけていってしていた仕事の多くが、リモートだ。外食はしていない。三度目の宣言が出てすぐの連休にも旅行の計画はもともとなかった。宣言の前と後で変わったのは、ジム通いが途切れたくらい。

一度目は先行きのわからなさもストレスだった。予定されている仕事は中止になるのか。この状況がいつまで続くのか。そうした不確実さに対しても耐性がついてきている。

一度目で印象的だったのがヤモリ。ある夜更け、寝室の床にいた。人と接触しない日々における、思いがけぬ来訪者だ。この家を疫病の蔓延から守ってくれるのか。毎晩のように現れ、寝室のどこかに居ついているらしい。睡眠中ベッドに上がってきて、潰してしまわないといいけれど。

五月に入って、夏に備えゴキブリよけを家のあちこちに置いたら、出なくなった。ゴキブリの幼虫を食べていたのだろうか。潰す心配がなくなり安堵する一方、残念でもあった。ヤモリを懐かしんでいる今の自分に少々驚く。心が弱りぎみでは。初回ほどのインパクトこそなくとも、こうした日常の長期化は、メンタルにじわじわ影響を及ぼすのかも。

いや、ここはヤモリより、私が家にいる間もさまざまな現場で踏ん張っている人々を思い出すところだ。この日常を持ちこたえていく、いちばんのモチベーションになる。

身の回りの作業から

一度目の緊急事態宣言での巣ごもり中、寝室によく現れたヤモリが、また来ないかと心待ちにしている自分に気づく。「ハッ、私ったら何、ヤモリに慰められようとしているの」。われに返ってクローゼットを開けると、ダウンコートが目の前に。最後に着たのは桜の頃か。もう夏を迎えるというのに。「足元を見つめなさい、足元を」。自分を叱咤する。ヤモリへ現実逃避して、諸々《もろもろ》おろそかになっているのでは。

日々の仕事は遅滞なく進めている。が、社会生活に支障のない部分で「あれもしないと」と頭をかすめながら、気力がわかず放置していることが多そう。「かすめ」るままなのがいけない。書き留めよう。「わざわざそんな」と思うようなことも含め軽重の別なく、文字に定着させるのだ。

①ゴキブリよけとコクゾウムシよけを更新。②夏服で顔年齢的に無理そうなものを選ぶ。③宅配買取に出す。④冬のコートを保管付き宅配クリーニングに出す。⑤ブーツの汚れを拭いて箱にしまう。⑥入れ替わりに夏の靴を玄関収納へ。⑦パソコン内の文書を外部保存

する方法を調べる。⑧デスクトップパソコンを買い替える。

ちょっと思いつくだけでこんなに!?

低エネルギー状態からいきなり出力全開をめざすと挫折しそうなので、着手しやすい①から。ヤモリ再来の期待は自ら断った。前も古いゴキブリよけと交換したら、出なくなったのだ。
②顔年齢的に無理な服を選ぶには、メイクする必要がある。ノーメイクだと肌の色が悪すぎ、全品「無理」との判定になる。メイクした上一点一点着てみて、形と顔のバランスもチェック。疲れはするが、面白いように選別が進む。③身分証をスキャンし、宅配買取に申し込み、梱包をしたところで力尽きた。
④⑤⑥はさらに体力勝負だ。③までがいい前哨戦となり、次の晩に着手した。始めればのめり込むタイプの私。コート類を専用袋に詰め、玄関にしゃがんでブーツを拭き続け、スニーカーを棚に並べ終わる頃には、外から朝刊を配達するバイクの音が。クローゼットは風通しがよくなり、玄関収納棚の中は白っぽく明るくなって、たいへんな爽快感だ。たいへんな筋肉痛も……。
気力がいまひとつのとき身の回りの作業に没入するのが、私には効くようだ。⑦⑧は頭を使うし大がかりなので、もう少し後にする。

筋肉の貯金が底をつく

五十歳のとき加圧トレーニングを始めた。手足の付け根に専用のベルトを巻くことで、スピーディーに筋肉をつける。当時は介護のまっただ中。親の体を支えるにも筋肉の必要を切に感じながら、ジムに行く時間がとれず。「週三回のジム通いと同等の効果を、週一回三十分の加圧で」といううたい文句にひかれた。

介護が終わってからも、将来の自分の介護予防に、隔週で通い続けてきたけれど、最初の緊急事態宣言で、加圧もできるジムが閉まる。再開後、ダンスフィットネスはしているが、加圧は中断したままだ。

パーソナルの指導のため、先生とのソーシャルディスタンスがとりづらく……とは言い訳で、ダンスは楽しいが、加圧はやはりきついのである。付け根を締めつけた状態で腕立て伏せやスクワットを行うから「痛ってててて」。思わず顔をしかめる。

コロナ前まで九年間続けられたのは、習慣によるところが大きい。前月のうち予約をとり、パーソナルのためキャンセルすると迷惑になるから、とにかく予約どおり行く。その習慣が途切れてしまった。

やめても実はさほど影響がなかった。緊急事態宣言中に体組成計を買い、まめに測ってきたけれど、筋肉量はあまり減らず「あの苦しい思いは、意味がなかった?」。人間は(私は?)易《やす》きに流れる。きついことは先述のような言い訳で避け、楽しいダンスばかりしていた。

が、ここへ来て筋肉が落ちた感がある。ダンスをしていても疲れやすく、思いもよらぬところでよろめく。スタジオの鏡に映る自分は、腿《もも》が細くなっているようだ。

体組成計の示す数値もそのことを裏付けるものに。ご存じのとおり、足の裏から微弱な電流を通して測る。「今日は足が冷えているから」「風呂上がりで湿っているから」。機械の調子が悪い理由をそのつどつけるが「調子のいい」日がなくなってきた。これはもう揺るがぬ事実と受け止めるべき。

トレーニングの意味がなかった、のではない。やめてすぐには影響が出なかったのは、九年分の貯金があったからで、ついに取り崩し終わってしまったのだ。日常生活でも歩くことが激減している。「これはマズイ」。心を入れ替え、加圧を予約したところで、またしても緊急事態宣言。

新型コロナウイルスに起因する外出控えで高齢者のフレイル(虚弱)が案じられているが、他人事ではないのである。

オンラインで運動

外出を控え運動不足になっている中、スポーツジムからオンラインレッスンの案内が来た。スタジオで行うレッスンに、スマホやパソコンを通して参加するもの。コロナ以降オンラインの飲み会が話題だが、それと同じネット上のシステムを使うらしい。

「あれってテレビ電話みたいに映るんでしょう。家の中が散らかっているし、お化粧もしていないから嫌」というかたもいよう。が、そのシステムを使って打ち合わせをしている私の経験では、こちら側のカメラとマイクをオフにしても参加できるはず。

オンラインのレッスンは未経験だが、参加してみようか。時間を決めて行われるのが、かえっていいかも。「録画を公開しておきますので、いつでもどうぞ」では、なかなかやらないものだ。

夜八時、夕食を終えたテーブルにパソコンを持ってきて、椅子やくずかごを部屋の隅へ寄せる。服装は、今つけているインナーのタンクトップとレギンスでいいことにした。わざわざスポーツウェアに着替えるのは面倒だし、洗濯物も増える。どうせこちらの姿は見えないのだ。カメラとマイクをオフにしたのを充分に確認の上、接続する。

画面中央には、無人のスタジオ。その上の枠に、私の名だけが白い字で表示され、あとは真っ黒。オフだとこうなるのか。同様の枠が次々現れ、参加者が集まりつつあるようす。

スタジオに笑顔の先生が登場し、挨拶する。マスクなしの人を見るのは久しぶりだ。音楽がかかって、さあ始まり。「まずはウォームアップです。そう、その調子」「慣れてきたら大きく。いいですよ！」。元気がやや空回りしているように思えるのは、気のせいか。先生にすれば無反応の黒い枠を相手に声をかけて盛り上げないといけないわけで、さぞかしやりにくいだろう。

ふと見れば、いくつかの枠に人の姿が。背景は押し入れの襖《ふすま》とか箪笥《たんす》とか生活感たっぷりだが、ジムにいるごとく先生に合わせて動いている。いい人たち！　先生を孤独にしないよう、あえて自分を映すとは。あるいはオフにするのを忘れて入ってきた？

システムには文字でメッセージを送る機能もあるらしい。レッスンが終わると「ありがとう」「楽しかったです」などと画面に次々と。ほんと、いい人たち！　先生にお礼を言って励ましている。

思ったよりいいので、翌日も参加することにした。この日は四十五分間だ。コロナ以降ジムでは、レッスンごとに消毒や換気をするため、全レッスンが三十分に短縮されている。

久々に長いレッスン。ついていけるだろうか。

案の定疲れてきた。が、「一抜けた」で枠が突然ひとつ消えては、ただでさえ不安であろう先生に悪い。

必死で体を動かしていて、ふと気づいた。何も正直に途中退出することはない。接続したまま適当に休んでいればいいのである。ジムではサボるとすぐバレるので頑張るが、いくらでも楽をできるのがオンラインだ。

いや、そもそもが運動不足解消のため。できるだけ脱落せずにやり通そう。

慣れてしまえば悪くない

ジムのオンラインレッスンは、ふだんは有料だ。月会費に千円だかを上乗せして払っている人だけ参加できる。三度目の緊急事態宣言に伴う休業中もオンラインレッスンは行われ、その期間に限って、無料にするという。巣ごもりでコロナ太りが案じられる中、ありがたいサービスだ。

動きの制限される自宅のこと。期待はあまりできないが「何もしないよりは」と参加して、意外にはまった。

何よりも感じたのは時間短縮効果である。リアルジムだとレッスン開始十分前に予約受付番号を呼ばれるため、その前にロッカーに荷物を入れ終え靴を履いて……どんどん早くなる。終わった後も「せっかくならこっちでシャワーを浴びて」。三十分のレッスンに参加するため、前後合わせて二時間近くかかる。オンラインはクリックひとつだ。

初回はリアルジムの癖で、十分前には「入室」した。画面に出るのは無人のスタジオ。やがて先生が登場するも、すぐに動きの説明に入るわけではない。何も画面の前にはりついて待機している必要はないとわかった。

接続だけしてから、仕事のメールに返信したり、こちらのビデオはオフにできるのをいいことに、洗濯機のスイッチを入れにいったり、キッチンでカップ一個を洗ったり。回を重ねるにつれ図々しくなり、パソコンから流れてくる先生の声に耳をそばだてつつ用事をし、始まったのを聞きつけ参加。正味三十分で済む。

時間短縮効果のほかでよい点は、先生への親近感だ。動画に合わせて家トレしたことはあるが、先生役も生徒役も外国人で、台詞《せりふ》は吹き替えの日本語だった。「みんな、どうだい？」「最高よ！」。翻訳調のせいか、盛り上げ方に通販番組のような無理を感じ、ややしらける。対してオンラインレッスンは先生の元気が上滑りしても「応援しなきゃ」とむしろ動きに活が入る。

よい点をさらに挙げると、スタジオ「あるある」の立ち位置のストレスのない点。先生の動きがよく見える点。はた目を気にせずノリノリになれる点。緊急事態宣言が終わっても、プラス千円だかを払って続けようかと考え「そうか、これが無料サービスの狙いだったか」と悟る。

コロナが収束しジムが混雑するようになったら検討しよう。

ひととき熱中できたなら

緊急事態宣言が出てから、耳の中でリピートしている曲がある。ジムのダンスフィットネスの先生が準備運動でかけていた、たぶんＫ－ＰＯＰの女性グループ。行けなくなると、妙に聞きたい。

曲名が不明なので「ｋ－ｐｏｐ　ヒット」で検索し探し当てた動画は意外、この音域で男性とは。七人グループで、体にぴったりした揃いのスーツを着て、胴が細ーい、足が長ーい。メイクした甘いマスクで、カメラの方へウインクしたり指差したり。面食らってしまった。

が、落ち着いて鑑賞すれば、歌唱力、ダンスパフォーマンスの質ともにかなり高い。見た目はかわいいが、アイドルグループにありがちな「不完全な魅力」で勝負してはいないとわかる。流行《はや》りものにうとい私は知らなかったが、調べると、世界的に著名なヒップホップグループということだ。

止まって歌っていることが片ときもないのには驚く。跳ねて身をひるがえしては、さまざまなフォーメーションを展開する。ジムの単純なステップとはわけが違う。

が、二回目の再生で、そうむちゃくちゃ複雑でもないとわかった。踊り手も場所もしょっちゅう入れ替わるので、分身の術のようなめまぐるしさだが、振付そのものには繰り返しのパターンが見られる。

できるようになったところで人生に何の変化ももたらさないことに、突然意欲を燃やす癖が私にはある。この動画にも「私、これコピーできるかも」。高校時代大流行りしたピンク・レディーのまねすらしたことないのに、なぜかそう思い立ったのだ。

以来ほぼ毎日再生。「顔はいいから足を映せ！」と幾度心で叫んだか。どちらの足が出るかで、肩の傾け方、手の振り出し方などすべてが変わる。

初めは速さについていけなかったが、しだいに、髪をかき上げたりキックしたりのタイミングが合ってきた。しかしこの回し蹴り、右足なら私ももっと正確に決められるのに。電話ポーズも顔撫でポーズも左手だ。メンバーに左利きが多いのだろうか。

はっとする。ジムの先生は向かい合ったとき同じ側の足を出せばいいよう、振付を反転させて踊ってくれる。この動画は別に対面練習用ではない。ということは、私は振付を全部、左右逆に覚えてしまっていた？

覚え直す気力がなく熱が冷めた。自粛期間、目標を持てただけでもよしとしよう。

巣ごもりでしたいこと

家での時間をなんとか充実させたいと、緊急事態宣言に伴う自粛期間に取り組んだのが、俳句のデータ化だ。過去十二年間に参加した句会のメモを探し出し、パソコンに打ち込んでいく。それをもとに句集を出すと、周囲にそれこそ「宣言」し、二千三百句ほどを入力した。

句集にするには、そこから三百三十句に絞って、並び順を考えないといけないが、入力を終えた時点で緊急事態宣言の解除。日々のことに追われて過ぎる。「このままでは〝出します詐欺〟になってしまうな」と気がかりだったところへ、再びの緊急事態宣言。この期間にしないで、いつしよう。

仕事上の似た作業の経験から、選と構成で二日間と類推する。投稿された句から入選作を決めるときは一日、エッセイ集の構成も一日だ。

まずは選から。二千三百句の一覧表を出力する。

甘かった。自分の句と向き合うのは、別のことと知る。「どれもこれもダメ。残す句なんてない」と悲観したり、逆に惜しくて落とせなくなったり。統一的な基準と冷静な判断を保つのが難しい。何回もやり直す。

構成は三百三十句を一句ずつ紙にして並べるという原始的な方法だ。エッセイ集のときもそうしている。机には載り切らないので、リビングの家具を片寄せ、床を広くした。

これも甘かった。俳句には季語があるが、春でも初春・仲春・晩春に分けられ、晩春が仲春より前に来ると変である。そのへんがあいまいだった私は、全句の季語を調べ直すはめに。そうしたいわば暦上の順序と内容面のつながりから、春の句を八つにグルーピング。同様の作業を別の季節の句にも行い、計三十二グループの組み合わせを、さらに考える。

「とんだことを始めてしまったのでは」「終わらないのでは」。データ入力のときと同じ焦りと不安にかられた。何回も入れ替えを繰り返す。途中完全に行き詰まり「いっそすべて解体し、一句ずつ紙にするところからやり直そうか」とまで思ったが……できた。経験則の通用しない分野。寝食以外をほぼ忘れた十日間だった。

句集の実現には課題がまだまだあるけれど、自粛中にここまでたどり着けたのは、大きな前進。そう思おう。

声帯が衰えそう

リモートでインタビュー取材を受けたら、声がうまく出ない。お辞儀し口を開いたところで、すでにかすれていて焦った。

会議と異なり、質問を除いて、私ひとりが話すことになる。発言者以外マイクを切るので相槌が返ってこず、画面越しで表情がわかりにくいのは、リモートあるある。期待された答えと違うのか、具体例を挙げればピンと来るかと、ついたたみかける。「暖簾に腕押し」的な不安から、変に力が入ってしまうのだ。

話せば話すほどかすれ、最後の方は全身で絞り出すように。小一時間の取材が終了すると、相撲でもとったかのように、ぐったりと疲れていた。

思い出すのは以前声がれを気にして、病院を受診した知人。検査の結果、声帯の萎縮を指摘された。原因は端的には老化だが、声を使う仕事をしていて、退職でその機会が急に減った人に、特に多いという。知人はまさしく教職を退いたばかりであった。

私は知人ほど話すのが仕事の中心ではないが、声を出す機会はかなり減った。基本が在宅勤務で、まれに出かけていっても雑談はゼロ。人と接する数少ない場であるジムも「黙」の要求レベルが徐々に上がってきた。

スタジオに加えロッカールームや浴室も「会話をお控え下さい」から「禁じます」「厳禁」と最高レベルに。かつては湯気に混じり話し声のしていた浴室に、水音だけが響く。ロッカールームは衣擦《きぬず》れすら聞こえるほどの静けさだ。同じ運動に参加していた人が通ると「またね〜」と挨拶しそうになるのを、ぐっと飲み込み目配せのみ。声帯の萎縮が、私も始まっている？

知人が病院で言われたことは、喉に負担をかけるのをおそれ、発声を控えるとますます萎縮する、声帯も筋肉、トレーニングしないと衰える、と。歌うのはおすすめという。

歌うといえば手洗い。「どんぐりころころ」を二度繰り返すくらいの時間をかけるべきだそうだ。あの曲を指標として脳内に流すことはあっても、実際に歌うことは、私はしてこなかった。

試しに声にすると愕然。「さあ、たいへん」「遊びましょう」の高音が情けないほど弱々しく震える。コロナ禍の声帯の現実がここに！

これからはときどき歌おう。コロナ慣れで手洗いが前ほど念入りでなくなっているかもしれず、初心に返ることも兼ねて。

生活リズムが乱れてきた

先行きの見えない日々でも目標を持ち、まあまあ適応できているようで、決定的にダメなところが私にはある。生活リズムの乱れだ。極端に夜型化している。みっともないので隠しているつもりだったが、在宅ワーカーを中心に多い傾向と知り、実態を記そう。

起床時間は、限りなく正午に近い十一時台。「これではいけない、せめて十時に」とアラームを設定しても、体の欲求や「充分な睡眠が免疫のモト」という心の声に従って再設定すると、この時間だ。

ごみ収集に間に合わないので、九時頃いちど起きて出しにいく。そのために着脱の簡易な服を、寝室の壁にかけてある。マスク生活のため寝ぼけ顔をさらさずに済むのも、この習慣を可能にした。十時頃が眠りの深さのピークのようだ。

事務連絡、軽い掃除、日によって洗濯。「充分な栄養が免疫のモト」と思うので、昼からアジの干物など焼き「正しい」献立を調える。調べ物や下書きなどの準備をし、リモート会議をいったんしてから、文書作成にとりかかるのが十七時頃。

性格は勤勉で、今日すると決めたことは今日じゅうに終わらせたい。問い合わせへの対応などを挟みつつ、零時台はだいたいまだパソコンの前にいる。夕飯は途中でとるか、その後か。

食洗機を回し始めてもなお、活動意欲は旺盛だ。寝る前に調理台をちょっときれいに拭くつもりが、水栓のくもりが目につき、重曹で磨き始める。ついでにシンクも排水口もとのめり込み、気がつけば「えっ、もう五時!?　早く寝ないと」。

ジムに通っていると疲れてすぐ眠れるが、家トレではそこまで運動効果が高くない。生活リズムはずるずると後ろ倒しに。

朝型があるべき姿と思っている。「今日することは今日じゅうに」の私は、遅寝遅起きの方へずれがちだが、ときどき午前中から出かける仕事があり、つど是正されてきた。巣ごもり中は、その調節が働かない。

自ら申し出、リモート打ち合わせを十時からにしたが、夕方キー操作をしながら寝落ちし「これではかえって非効率」と仮眠する。夜から遅れを取り戻そうとし、またも前の晩と同じ時間まで。

通常の社会生活が再開されたら、ついていけるかどうか不安だ。いや、ついていかなければ。

うちごはんで痩せる

久しぶりの打ち合わせをオンラインでした男性が、ずいぶんすっきりした印象になっている。肌がきれいで、顔が二割方小さくなった感じ。ウェブカメラではむしろ大きく映ることが多いのに。「この人、痩せたでしょ」。同じ打ち合わせに参加していた彼の上司が言う。

本人が語るに、正月明けは体重が人生最高値を記録した。コロナ太りの蓄積の上に正月太り。しかも感染を警戒して初詣にも初売りにも行かない、スキー旅行もしない。マズイと思うがジムは短縮営業でなかなか行けず、通勤という名の運動もなくなり、このままではさらにコロナ太りする。

そこから何をしたかといえば、運動ではないそうだ。集合住宅のため、飛んだり跳ねたりは下へ響く。家周りでのジョギングも試みたが、太りすぎですぐ息が上がり、あきらめた。するのはたまのスクワット程度。

取り組んだのは自炊である。ひとり者なので外食か買ってきたもので済ませていたが、収入減が「うちごはん」へと後押しした。

安さで知られる業務用スーパーで、まるごとキャベツ、冷凍のカット野菜や小間切れ肉を週に一回まとめ買い。それを野菜炒めや豚汁にしたり、ゆでてポン酢をかけたりして使いきる。ほかはインスタント味噌汁、納豆、卵など。

特にダイエット食ではなさそうだが、本人の言うに「野菜の量が前とまったく違います」。加えて感じるのは、主食をご飯にしたことの効果だそうだ。別に狙ったわけではない。米をしょっちゅう洗うのは面倒だから、一度に炊飯ジャーいっぱいに炊き、保温されている限りは食べきる。すると、おのずとご飯が続く。考えてみればご飯だとパンやパスタと異なり、主食に油を含まない。

便通は劇的に改善。野菜のみならずお米もたぶん食物繊維が豊富なのではと、彼は推測する。

顔が小さくなってきただけでなく「自分、こんなに美肌だったっけ？」と髭剃りのたび思うという。きれいという印象は、ウェブカメラの画質補正によるものではなかったのだ。

「どんどん小さくなって、なくなってしまうんじゃないのと言っているんですよ」と上司。

今は健康的だけど、体脂肪を落としすぎると免疫力が下がると聞くので、ほどほどに。

健康スイーツ

家にいて似たようなごはんが続くと、別系統の何かがふいに食べたくなる。例えばアイスクリーム。子どもの頃、親が牛乳、卵、バニラエッセンスなどで作るそれは楽しみだったし、大人になってから食べた、外国のバニラアイスクリームは衝撃だった。二十代のとき外国の某メーカーが日本に初上陸。乳脂肪たっぷりの濃厚な味わいが驚きをもって迎えられた……と書くと、まるで文明開化のようだが、昭和も終わり近くの話である。

当初は百貨店や高級スーパーのみで売られていて、やがてコンビニでも買えるように。輸入の自由化により、外国メーカーのものも多く出回り、おなじみとなった。

しかしなにぶん乳脂肪。消費エネルギーが加齢とともに低下するのに、若い頃と同じつもりでいては、自分の脂肪となり蓄積する。コロナ禍で運動不足の今は特に危ない。

脂肪を抑えて似た満足を得られる、代替品を探そう。たまたま人から贈られた豆乳アイスやココナツミルクのアイスは美味しかった。が、調べればそれこそ百貨店まで出向くか、通販で買うしかないようだ。例によって、商品価格と送料のバランスを考えると……。

一念発起し、自分で作ることにした。親が昔作っていたのは、泡立て器でかき混ぜるなど、かなり手間のかかるもの。できるだけ簡単にしたい。

たどり着いたレシピの中心となる材料は、甘酒だ。私は米糀《こめこうじ》から作られた、お粥のようにやわらかいものを使う。それと豆乳、水を二対一対一くらいの割合で混ぜ、メープルシロップを少々。「飲むには少ししつこいな」と感じる甘さまで入れる。冷たくすると甘さは感じにくくなるものなので。

凍らせていただくと、口中で溶けるとき出てくる甘酒のとろみが、バニラアイスクリームのなめらかさをほうふつさせる。濃厚さは、初上陸のあのアイスクリームには及ばないが、乳脂肪なしで、このミルキーな味わいは、かなりいい線行っているのでは。私の夏の定番となった。

甘酒は、正月に参拝した寺社でふるまわれたり、梅の名所の売店で湯気を上げていたり、寒中暖をとるイメージがあるが、江戸時代は夏バテを防ぐとして、市中で売り歩かれたという。甘酒の含む成分が、エネルギーを効率よく燃やし、体内を活性化して、疲労回復を促すそうだ。庶民のスイーツ兼健康ドリンク。

アイスの材料にするだけでなく、あえて熱々にして飲むこともある。甘酒二に対し一くらいの水で割り、電子レンジで温め、粉末ショウガ少々を振って。暑いとひんやりしたものをとりたくなるが、それればかりだと内臓が冷え、働きが悪くなると聞く。ショウガは香りづけのほか、発汗作用も期待できそう。

市販の甘酒には、飲みやすい薄さにしてあり、水で割らなくていいものも。また米糀ではなく酒粕から作るものもあり、そちらは甘さを糖で補い、アルコールを少々含んでいる。アルコールに弱い私は米糀の方を使うが、栄養はどちらも豊富。いろいろ試し、合うものを選んでみては。

価格の上下が忙しい

不要不急の外出自粛と営業時間の短縮とで、服売り場から足が遠のいている。シーズン末のセールも行かずに過ぎて、間もなく冬物はなくなるだろう。

夏物の商品に完全に切り替わってしまわないうちに、長袖の薄いセーターを一枚買っておきたい。梅雨時の肌寒い日に備えて。

長袖、セーター、色は無難な白で、衣料品の通販サイトを検索すると、ちょうどいい商品があった。色は豊富で、その中に白も。そして価格が、なんと八九パーセント引きなのだ。千円でお釣りが来てしまう。

カートに入れてから、安さにひるんだ。値引率につられて即断は危険。サイズはだいじょうぶか。手持ちのセーターをクローゼットから出してきて、物差しで測り、商品情報中の寸法と照合する。

商品代と送料とが同じくらいになってしまうことにも、ためらう。併せて買えるものはないか？　再びクローゼットまで行き、仕事で必ず入り用になる白シャツの状況を確かめ、残念ながら（?）間に合っているとわかり、送料の件はあきらめ、注文へ進んだ。

するとと「注文不可」の表示。在庫を確認すべく、商品ページへ戻ると、全色全サイズ「販売期間外」。なぜ!?

気がつけば、画面の端に表示される日付が変わっている。期間限定のセールだったらしく、零時を回ってしまったのだ。余計なあれこれを考えず、すぐに注文すべきだった。

数日後ふと覗くと、注文可に復活していたが、白は在庫なし。値引率は三四パーセントとなっていた。

八九パーセントは衝撃だったが、高い方へ逆戻りしているのも驚きだ。店舗のセールは、三〇パーセント引き、五〇パーセント引きと下がっていき、再び上がることはなかった。何十何パーセントという中途半端な率も。ネット市場では、服はホテルの宿泊費などと同様、価格変動型の商品になったのか。在庫数や注文状況、もしかすると閲覧回数からも割り出して、より細かな、より微妙な設定で。

買う側は店舗のときより機敏であることが求められる。何が何でも最安値で購入するつもりはないが、ぐずぐずしていると商品そのものを逃してしまう。

深追いはせずにおこう。昨年の梅雨時だって着るものは何かしらあったわけだから。

隣の他県

句会の案内が知人から来た。某植物園で句を作り、近くの公民館にて句会。席の間隔を空け、常時換気し、感染対策をとって行うとある。「席云々以前に開いていないのでは」とまず思った。東京は緊急事態宣言で、公の施設の多くが休館、都立植物園も閉まっている。

そして気づく。行く先は、渋谷駅から電車で十五分ほどのところのため錯覚していたが、途中多摩川を通過する。川の向こうは神奈川県。緊急事態宣言は出ていない。「この近さか」とつぶやいた。

連休の初日、別の路線でやはり川を越えてすぐの駅の商業施設が、東京からの客で大混雑と報じられていた。そのときは理解できなかった。「そうまでして買い物や外食をしなくても」と。が、当人にすれば必ずしも「そうまでして」ではないのかも。日に二度川を渡り通勤や通学する人も多い。その人たちには、日頃の移動の圏内とさして変わらないだろう。

コロナ禍で私たちは、矛盾するメッセージを受け取ってきた。県をまたぐ移動は控えて下さい。国をまたぐイベントは推進します。旅行する人には税金で補助します、感染対策をしての旅行なら問題ありません。ＧｏＴｏトラベルと五輪である。

感染防止と社会経済活動の維持は、二律背反の関係だ。苦しいけれどそのことを承知の上、各人が折り合うところを探してきた。その上、こうも一貫しない、どころか方向性が完全に逆のメッセージにさらされ続けると、何を信じてよいかわからず、自分なりの基準や経験知に拠《よ》らざるを得なくなる。結果「感染対策をして近くへ行くなら問題あるまい」と考える人も出てこよう。

呼びかけに応じない状況を、よしとはしない。が、想像の外ではなくなっている。メッセージの発し方の影響はかくも大きい。

句会には参加しなかった。自粛の要請に従ったというより、単純に感染する・させるのが怖いのだ。行った先の感染リスクは低いだろうが、渋谷駅の密は避けられまいし、変異株は従来の対策で防げるのか不安がある。そして万一感染したとき行動履歴を話すのに、後ろ暗い思いをしたくない。

感染そのものは後ろ暗いことではない。注意しても感染する可能性はある。私の脳裏にずっととどまっているのは、ドキュメンタリーで見たコロナ担当の看護師だ。重い防護服をつけて働き、友人と遊ぶことはおろか親にも会えず、ホテルに寝に帰るだけの日々。あの人たちの世話になるとき、仕事以外で他県へ行ったと言いづらい。私の自粛の動機である。

まだまだマスク

通っているジムで特製マスクを売り出した。抗ウイルス加工を施し、通気性がよく運動に適しているという。販売促進イベントも行われている。マスクを購入した人限定で参加できるレッスンだ。通常レッスンのたびに先生が申込を呼びかけているから、マスクの売れ行きはいまひとつと推測される。

そうなるのもわかる。いくら運動向きでも、税込み二千二百円は高い。時期も少々遅かった。ワクチンの接種が始まり、遠からずマスクを外して運動できるのでは、という期待も出てきた。マスクをつけて運動することなんて、新型コロナウイルスの収束後は、そうあるまい。もう半年ほど今のマスクでがまんすれば……。

マスクとの付き合いも長くなり、状況は変わった。感染が拡大し始めた頃は買いたくても買えず、インフルエンザ対策で買った七枚組の残り数枚が、いかに貴重だったか。

繰り返す洗濯でへたってきて、見た目にみすぼらしいだけでなく性能も落ちると聞いて布マスクへ。が、仕事先によっては不織布を求められる。どうするか。

あるとき自転車を走らせていると「どの駅からも遠いのになぜここに？」と思う道ばたに薬局がぽつんと。狭い入口のガラス戸には「マスクあります」の貼り紙が。半信半疑で入ると不織布の五十枚入りが千九百八十円。安い！　店頭で五千円前後、ネットだと一万円超で取引されていた頃だ。それで相当助かった。

今年の春は不織布で、より話しやすいマスクを発見。立体的で、マスクにふれず口を動かすことができ、従来のプリーツ型よりずれにくい。先日、追加を買おうとネットショップを覗いて、プリーツ型の方の価格に驚いた。五十枚入りが百円台！　短期間にこれほど値動きした品も少なかろう。

手に入りにくかったとき飛びつくように買ったプリーツ型が余っていることを思うと、誰にともなくきまり悪い。あの頃買いすぎたマスクやトイレッペーパーや除菌グッズを、使いきっていない家は多いのでは。

回顧モードになるのは早い。接種後も感染予防をと呼びかけられているし、ワクチンの効きにくい変異株も出てこよう。マスクとの付き合いはまだまだ続くと思わなければ。

切り替えるには早すぎる

ワクチンの接種が加速している。自治体による集団接種のほか、東京と大阪には大規模接種センターが設けられ、対象者を徐々に広げて、職域でも始まった。

大規模接種センターの初日、早朝に到着した人々の声がニュースで報じられていた。待ちに待っていたのでうれしい、二回目の接種を終えたら周辺を観光して帰る、趣味の写真を思うぞんぶんに撮り充実させたい、など。活動への意欲、切り替えの速さは、私の想像を超えており、そのとき初めて「出口」が見えた気がした。コロナ禍は、こうして終わりに向かうのかと。

感染が拡大し始めた頃は、実感をもって思い描けなかった。人に問われれば、自らをも励ますためにも答えていた。「感染症は必ず収束する、ワクチンの開発や集団免疫の獲得によって。歴史が物語っている」と。だがワクチンの実用化には、通常十年以上かかるといわれる。

科学の英知を集めても、どれくらい先になるのか。ワクチンによらない集団免疫作戦をとる国も当初あったが、獲得までどれほどの犠牲を払うのか。ワクチンのなかった前回のパンデミック、二十世紀のスペイン風邪では、日本の死者は人口の一パーセント近くにあたる、約五十万人を数えたとする推計がある。

十七世紀ロンドンのペスト禍を題材とするデフォーの『ペスト』では「死亡週報」の発表する数が減ってきて、街へ出てみた人が描かれている。私も半信半疑で恐る恐る活動を再開するようになるのかと、漠然と思っていた。

が、大規模接種センター初日のニュースで、高揚感をもって語る人々は、もっとわかりやすい「解放」を体現していた。感染への恐怖とそれによる萎縮から抜け出す人が、一人また一人と増えていき、全体として集団免疫の獲得に近づいていくのだろうか。国民の七割が接種を完了すると、集団免疫が達成されたとみなすことができるという説もある。

私の接種はこれからだが、接種してもすぐには切り替えができそうにない。ひらたく言えば、一年以上にわたるコロナ禍で怖じ気癖がついた。家にいる生活スタイルが定着し、マスクはもはや靴同様、外へ出るときつけるのが当たり前のもの。マスクなしの顔を人目にさらすのは、リモートですら違和感をおぼえるほどだ。元の日常の再開には時を要し、完全に戻ることを私はめざさないように思う。

世界に目を向ければワクチンの買い付け競争に遅れた、または参入できなかった国もある。ワクチンの効きにくい変異株が現れる可能性も。地球全体で感染が収束しない限り、真の「解放」はないのだ。

時代とズレているところ

女性がたくさんいる会議は長くかかるという要人の発言が、批判を受けた。容認ないし軽視するかのような、別の要人らの発言も「昭和で止まっている」と揶揄《やゆ》された。ほかならぬ昭和に新入社員であった私には、既視感がたっぷりだ。今は昔の話として、当時の風景を書いておきたい。

就職活動をしたのは男女雇用機会均等法前。男性はのちに言う総合職、女性は補助的な事務職という採用枠が、一般的だった。どうにか男性と同じ枠にもぐり込むも、私だけお茶くみの研修があった。他方、営業研修は免除された。

ごみを捨てにいく、コピー用紙やインクを補充する、封筒に案内状を入れるなどの作業は女性。「女はかわいげ。変にできると使いづらい」と面と向かって言われたことも。「漢字の多い言葉を使ったらアウト。何々的とか何々性も嫌われる」。別の企業で働く女性から聞いて、気をつけた。社会とはそういうものであり、居場所を得るには是非もないと思っていた。

昭和も終わりに近い一九八六年、男女雇用機会均等法の施行。こんなところにも女性が進出していると、バスの運転手や調理師などが、テレビでよく取り上げられた。上司や周囲へのインタビューでは「やはり細かいところによく気がついて」「おふくろの味みたいな温かさ」など。見ている私は、それってほめているのかと複雑だった。

その私は今、会議で「端的に言えば」「違法性はどうなんでしょう」と当たり前のように口にしているから、隔世の感がある。会議によっては長くかかるが、私の経験する限り、構成員の男女比と関係しない。要人らの発言は、ひとつの事象を特定の属性と結びつけて考えるところが、多様性を重視する時代の感覚と、あまりにもズレているのだ。

一方で、私にはこんなことがあると白状しよう。電車にカップルが乗ってきて、ひとつだけ空いていた席に男性の方が「あー、疲れた」と言いながら座ると、内心「え?」。男性もいる場で、天井にものを取り付ける際、女性が脚立に乗ると「男性の仕事では?」。

顧みれば社会に出る以前の学生のときから、飲み会で水割りを作るのは女性の役割。支払いは男性が二千円、女性は千円など、差をつけるのが常だった。昭和の風景が、長きにわたりすりこまれている。

アンコンシャスバイアス(意識せざる偏った見方)なる言葉をよく耳にする。内なるそれの点検が必要そうだ。

私がキレイだった頃

今の仕事を始めた二十代の頃の写真を、雑誌の求めで探すことになった。一九八〇年代、デジタルではなくフィルムカメラの時代である。残っているとしたらプリントだ。スマホでどんどん撮ってはためていく現在とは、隔世の感がある。ちなみに自撮りはいまだしない。

収納スペースの奥にプリントの詰まった蓋付きかごを発見。かごの中に置いてあった吸湿剤は、容器の上限まで黒ずんだ水が溜まっていた。

未整理のプリントに目を通していくと、いくつかの系統があることがわかる。プロフィール用やインタビュー中に撮影されたもの。フィルム時代は焼いて（この言葉のレトロ感！）送ることが結構あった。取材旅行中のもの。主にアジアの国々だ。私的な旅行で撮ったもの。山や谷川を好んでいた。

いずれも二〇〇〇年以降、はたとなくなる。デジタル化以降は焼いて送る習慣がなくなったのと、私的にはその頃病気して、アウトドアの遊びが途絶えたためもあろう。

ひととおり見て思ったのは「三十代後半がいちばんキレイだったな」。あくまでも本人比である。フェイスラインが斜めにスッとして、目尻も上向き。今とは角度が三〇度くらい違いそう。

三十代前半はより若いはずなのに、眉を太く描きすぎて、目尻の切れを生かせていない。髪型もロングのソバージュで、やつれた印象。何よりも服装がケバくて老けて見える。肩パッドが分厚く、ボタン類などの装飾も金属多め。個人の趣味ではない。バブルやバブルを引きずっていた九〇年代初めは皆そういう髪型だったし、肩パッドなしの服を探す方が難しかったのだ。

この頃の写真は門外不出だな。いや、仕事で撮影したからもう世に出たのか。

二十代はすべてにおいてイモっぽく、肌の状態もまだ不安定だったようす。

残すものを選別し始めると、気がつけば朝刊のバイクが……となりかねないので、必要なものだけ取り出し蓋をしたが、またひとつ目標ができた。アルバムの作成だ。前回の巣ごもり期間に整理した家族写真も、その後どこかにしまったきりになっている。

家族関係、仕事関係、私的旅行の三冊にしよう。アルバムを買いにいかないと。不要不急の最たるもののため、着手は後になるけれど「したいこと」が次々わくのは、よい状態。そう思える。

六十歳になる

国民年金基金からお知らせが来た。毎年この時期、一年分の掛金をまとめて引き落としている。

確定申告のためにとっておくファイルの中へしまいかけて、はたと手を止めた。文面の印象が何か違う。

改めて読んで、気づいた。そうか、納付が終わるのか。年度の途中で六十歳になるのである。

そもそも、どういう設定だったっけ。加入のときの書類を探し出してくる。それにより私は三十三歳で申し込み、月額約八万の年金を終身受け取れることがわかった。

景気が低迷し金融機関の破綻が相次いだ一九九五年。未婚で定職につかぬまま三十歳をとうに過ぎ、何らかの備えをせねばと考えたのだろう。月々の掛金は一万四千四百円。頑張ってもう少し多くしておけばよかったと、今にすれば思うが、払い続けることができた方に感謝しないと。

受給は六十五歳からだ。中途半端な五年間。長年の習慣になっているから、もう少し払い続けてもいい気がするが、もしかして本体の国民年金の納付も終わりで、できないか。あちらはどうなっていたっけ?

毎年来ると最新版に差し替えている「ねんきん定期便」は、昨年のが最後であった。年金手帳を引っ張り出せば、黄ばんだメモ紙が。私の鉛筆書きの字だ。「二十歳以上で未加入月が計四年」。じわじわと思い出す。加入月が満たず、無年金のケースが問題になった頃、不安になり電話で確認したような。「任意の時代だったので問題ない。四年分金額は少なくなるが受け取れる」。お金全般にボーッとしている私だが、このメモに関しては、よくぞ問い合わせた、よくぞ捨てずにとっておいたと、自分をほめたい。

メモには続けて、記している。「四年分を補うには、六十歳から任意加入という方法がある。六十歳のとき決める」。その「とき」をまさに迎えたのだ。誕生日はもうすぐ。納付期間が途切れない方がいいなら、すぐにも手続きしなければ。

調べると、申請は六十歳の誕生日前日かららしい。年金関係の書類をこんなに真剣に読むのは初めてだ。六十歳になるってこういうことか。生まれた年の暦に還るから初々しい心で……なんて観念的になっている場合ではなかった。取り組むべき実務がある。

手始めに「ねんきんネット」に登録した。

生命保険の受取人

定年を迎える知人に、ファイナンシャルプランナー（以下ＦＰ）との相談が会社によって設けられた。時節柄オンラインで一対一、計三回話せるという。

初回は資産状況の把握から。知人は運用に関心がなく、貯金のほかは、年金、保険、不動産のみ。都内の戸建てにひとりで住んでいる。ＦＰの言うにはあまりにも無駄。すぐにでも家を売却し、マンションを二室購入し、一室を居住用、もう一室を賃貸に充て収入を得る方がいい。

知人は気が進まない。住んでいる東京の家はそのまま残し、地方都市にいてそろそろ介護が必要になってきた親のところとを、行ったり来たりするつもり。

二回目もさまざまな提案があったが、心が動かなかった。

最終回の終わりには、画面の向こうのＦＰは少し疲れた顔をしていた。あきれたとも、あきらめたともつかない声で「あなたというかたがよくわかりました」。

家をそのままにしておくのは、ＦＰとしてはあり得ないが、あなたの選択だ。ただひとつだけ、生命保険の受取人が親のままなのは非現実的。聞けば今、親の世話を中心的にしているお姉さんに息子さんがいるとか。その人に変更した方がいい。「ただしお姉さんに言うのではなく、ご本人に直接言うように」。

最後の助言には、知人も感ずるものがあった。甥の立場で想像する。祖父祖母が弱ってきた。東京の叔父も、やがては老いる。彼に子どもはいないから、将来は自分が面倒をみることになるのでは。甥はそう思っているかもしれない。死後に保険金を受け取るとなったら、なおさらだろう。

そういう考えはいっさいない、自分のことは自分でするつもりだし、そのための蓄えはあると、はっきり告げ、甥の不安と負担感をとり除こう。次に帰省したときにもすぐに。FPにとっては残念な一件だったかもしれないが、それだけで充分、相談にのったかいがあったといえるだろう。

自分だけその「つもり」でいて伝えていないことがある。私はどうかと、知人の話に省みている。

遺し方いろいろ

昭和を長く撮り続けた写真家の本で、印象的な話があった。自身の写真展で中年の男性が、一点の作品の前でしゃがみこんでいたそうだ。聞けば、亡き母が写っているとのこと。天秤棒で重い荷を担ぐ女性である。こんな重労働をして大学へ行かせてくれたなんて。そう声を上げ泣き出してしまったという(『東京懐かし写真帖』秋山武雄　中公新書ラクレ)。

思い出すのはドラマの中の日系アメリカ人の台詞。日系人には教育熱心な人が多い。学んで身につけたことだけは、社会がどう変わろうと奪われない財産だからだと。強制収容の歴史を思い合わせると、胸深く届く。お金や土地は没収されても、内側に蓄えたものには誰も手出しできない。写真の女性も戦争で夫を亡くすなどの苦労があったのだろうか。

教育は進学で授けるものだけでない。とある農業組合の営む食堂で働く女性は言った。うちはお金がなく、働き詰めで子どもに構ってやれなかったが「私が遺せるのは味覚です」。旬の野菜を中心にした栄養たっぷりのおかず、ご飯と味噌汁が基本の献立。「食育」と言い換えられそうだ。就職で家を離れた子どもは、慣れないことばかりの日々の中、ご飯を炊くことから生活のリズムを作ろうとしているという。

そんな話を聞くにつれ、一円の貯金も一平米の土地も相続せず介護はむしろ「持ち出し」だった私も、不平を言う筋合いではけっしてないなと思う。味覚……が優れているわけではないが、ご飯と味噌汁が食の原風景。同級生がバイト代を生活費に充てずに済むのを羨みながら、通学そのものは当たり前のように思い「やめて家計を助けよう」という発想はさらさらなかったのだから、恩知らずなこと甚だしい。

受け取るばかりで譲り渡さないのは後生が悪い。子どものいない私は「相続」を広くとらえればいいのかも。

ネットでダンス動画を見ようとすると、広告で子どもの動画がよく出てくる。貧困のため教育を受けられないとか食事をとれない子どもへの支援を呼びかけるものだ。スキップせずしまいまで見てしまうのは、遺し方を考える年代になったということかも。

「ねんきんネット」に登録して

国民年金基金の納付の終わりに気づいた私。国民年金はどうなっていたっけと、慌てて「ねんきんネット」に登録し、六十五歳から基金と合わせて月々約十四万円が支給されるとわかった。自宅ローンは払い終わっているので、地震で大破しない限りなんとかやっていけるのでは。やっていくしかない。

ほかに人に貸している一Kがあった。諸費用を引くと月々七、八万か？　それこそ地震で大破するかもしれず、そうでなくても空室になることがある。基礎収入にはカウントせずにおこう。

こういうことは六十歳直前にあたふたするのでなく、もっと前から試算して、計画的に備えるべきだった。計画の基本となる「月々の収入×定年まで働く月数」という数式が、フリーで成り立たないのをいいことに、ずっとサボってしまっていた。基金の上載せやローンの早めの完済は、計画でなく本能だ。こういう働き方だから「あるとき払い」しておかないと危険だと。賃貸の物件選びも「私が若かったら住みたい」という感覚に拠り、利回りや収支の本当のところは今もってわからない。

反省し、これからは計画的に行動しよう。まずは六十歳になったら国民年金に任意加入する。調べると納付できる月数の上限まで、私はまだ四十九月あるらしい。

四十九月といえば約四年か。

「六十歳あるある」の疑問として、自分はあと何年働けるだろう。いや、払い続けていけるだけ、いくしか……。

ねんきんネットを熟読していて、はたとわれに返る。「自分の心配ばかりしない」を数年前、目標に掲げたのだった。同世代の男性が好きなように生きてきたお返しに、外出先で使ったトイレを掃除すると聞き、敬服した。「この人、無意識のうちに、たいへんな徳を積んでいる」。対して自分の心配ばかりしていると、運気が逃げていきそうな。

これまでは何かするにしても行き当たりばったりだった。災害、紛争、今回のコロナのような緊急事態で「〇〇が足りません！」といった支援の呼びかけをネットで目にしては「それはたいへん！」と「募金する」をクリック。これからはもう少し落ち着いて、例えば国民年金を払っていくならその一割にあたる額を、定期的に引き落とされるようにするとか。

六十歳を機に見直すことはいろいろありそうだ。

家計簿アプリの利用

「ねんきんネット」などにより、仕事をやめた後の収入のサイズ感は把握できた。支出の方はどんなふう？　家計簿をつけていない私、話題の家計簿アプリを使ってみようと考えた。

ネットで調べると、次のような概説が。「かつては残高や入出金を確認したい場合、キャッシュカードや通帳を持って銀行の店舗へ出向く必要がありました」。まさに私がしていること。昔話の中の人になった気分である。コロナ禍で出向かずにいるうち、残高がクレジットカードの引き落とし額に足りなくなり、督促を受け、焦って補充に走ることもあった。

家計簿アプリなら、家にいながらにしてわかる。銀行口座やクレジットカードと連携させると、入出金の履歴を随時取得できるらしい。レシートをカメラで読みとるだけで費目別に集計する機能もあるそうだが、食品以外レシートを受け取る買い物がほぼない今、そこまでしなくていいことに。

パソコンにインストール。連携へ進もうとして、そもそも銀行口座をネットとつなげていないとわかった。そこからか！

「こ、こんな情報を集約させてしまってだいじょうぶか」とドキドキしながら作業した。通帳は思いのほか数がある。自宅のローンを組んだとき、家を人に貸したとき、古くは新入社員になったとき、銀行を指定されたもの。いずれ整理しなければ。仕事に使う本や事務用品を買うカードは別で、把握の目的上それは除外。

瞬時に合計されたひと月の支出に目を疑った。「これくらいだろう」と漠然と思っていた額より、はるかに多い。コロナ禍のため交際なし、旅行なし、百貨店にも行っていない。なのに、こんな?

入出金の履歴を読み理解する。「これくらいだろう」と思っていたのは、通販でのいわゆる「買い物」の額。費目で言えば、日用品、衣料品、教養娯楽費だ。カード会社からの月一回のお知らせで、だいたいわかる。

実情はそのほかに漢方薬や美容医療を含む医療費、ジムの会費、通信費、光熱費、自宅の管理費など。租税公課の引き落としもこの月にはドンと来た。親の介護のために買い今は人に貸しているマンションも、ローンが七十八歳まであるのだ。諸々合わせると、予想外に大きな規模の「財政」を営んでいる！　その意識を持てただけでもよかった。

収入に合わせダウンサイジングしていかねば。

初めての自費出版

六十歳を迎えるにあたり、年金のほかにもうひとつ取り組んだことがある。還暦記念の自費出版だ。

緊急事態宣言ではからずも家にいることになった時間をなんとか充実させたくて、四十代の終わりから作り始めた俳句のデータ化に取り組んだと前に述べた。パソコンにひたすら入力していく作業を、途中で投げ出さないよう「還暦を機に句集を出す」と周囲に「宣言」した。

次なる巣ごもり期間に選んで並べ、原稿は出来上がったが、さてそこから。本にするにはどうしたら?

本を出そうと思い立った人は「自費出版」でまず検索し、価格帯の幅広さに驚くだろう。十万前後から百何十万円。紙代や印刷代では、これほどの差は出まい。私もいろいろなサイトを読み、その差はどうやら、市販の流通ルートに乗せるか否かが大きいように感じた。編集、校正、デザインといった人の労力をどれほど投入するかにもよる。

私はせっかく作るなら書店売りもしたい。その線で調べると、なんと私が日頃よく買う句集の出版社に、自費出版についてのお問い合わせフォームがある。「あのかたがたと同じところから出せたなら!」。

「出せたなら」と仮定法過去で願望したが誤りだった。自費出版では、出したい=出る。日頃している商業出版では「会議を通るかしら、どうかしら」と気をもみ、その習慣がついている私は、原稿を持参しての初打ち合わせにも、採用面接のように緊張して臨んでしまった。

そこでの驚き。自費出版は好きなように作れる。当たり前といえばそれまでだが、私には軽い衝撃ととまどいがあった。商業出版では編集、販売、いくつもの側面からジャッジを受ける。どういう読者に向けて出すのか、それにはどういう作り、価格、部数が最適か? ビジネスなのでユーザーを常に念頭に置く。

自費出版ではそれらを考えなくていい。市販もするなら売れてくれればうれしいが、出版社はそこで利益を得なくても成り立つ設計にしてあるはずだ。著者としてはそれらのプレッシャーはない代わり、別の緊張感が。自由の怖さといおうか。本を出すことを百八十回以上していても、初めての体験だ。

自分で払えばこれだけかかる費用を、日頃は人にかけてもらい本を出しているありがたさも感じた。

仕事にも俳句にも刺激になって六十代のスタートである。

役所で地域デビュー

六十歳を機に「ねんきんネット」、家計簿アプリ、自費出版と初のできごとが続き「還暦まつり」というべき盛り上がりにある私。次は国民年金への任意加入だ。未加入だった四十九月分に応じ年金額が減るのを、今から払って補える。そういう方法があると、自分の筆跡で記した古い紙が発見され「六十歳のとき決める」とも書かれていた。そのお告げに従って。調べると手続きが可能になるのは、誕生日の前日。「その日」をますます意識するようにできている。

手続きの場所は、年金事務所か市区町村の役所。これも検索し、家からは役所の方が近いとわかった。「年金」のワードをこれほど頻回に入力するのも、初めてだ。

出直すことのないよう、持参物を事前に問い合わせ、電話口で復唱までした。その上で一式を、ファスナー付きの透明袋に入れる抜かりなさ。

一階の案内板で該当部署を探す。住んでいる市区町村には日々世話になりながら、役所まで足を運ぶことはなかなかない。知人は定年退職し健康保険を切り替えるとき、初めて行ったという。これもひとつの地域デビューか。

待っている人はいなくて、すぐ窓口へ。係の女性に用向きを告げる。毎月払っていたか前納だったかを問われ、打てば響くように「一年分まとめ払いでした」。スムーズな手続きには、明快な受け答えがだいじと心して。

係がパソコンで記録を確認するうち「二年前納にしていらしたようですが」「は?」。とたんにあやしくなる。「三十何万かが引き落とされていなかったでしょうか」「さ、さあ……」。どこまでボーッとしているのだか。一式を食品保存用の透明袋に入れているのが、急に格好悪く思えてきた。

一年前納と二年前納では割引率が違うそうで、いわゆるお得になる方を、三十何年前の私は本能的に選んだのだろう。残り四十九月をどのようにまとめて払えば、私の意向にかなうかを、係はいろいろ試算してくれた。とても親切。

これからは役所を頼りにしよう。案内板によると食堂は職員でなくても入れるそうだから、ときどき来るとか。

知人にメールで報告すると、六十歳から年金を実質的に増やす方法として、任意加入とまとめ払いは理にかなっているそうだ。もうひとつの方法は繰り下げ受給という。この点はどうするか。「六十五歳のとき決める」と紙に残しておこう。

長く働き続けたい

私の仕事に定年はないが、発注されなくなれば終わりである。気がかりはこれまで仕事をともにしてきた人が、引退しつつあることだ。自分の立ち位置からして、長く働き続けるためにできることは何か。今の時点で考えつくことを整理してみる。

①「安心枠」の扱いを嫌がらない。新しく任につく人が私に発注するメリットがあるなら、リターンが予測できることだろう。及第点の六十点は出してきそうと。

例えば納期が妙に近い仕事が来て「誰かに断られたな」と察しがついても、体力的に可能な限り引き受け、いざというとき「頼れる人」の評価を得ておく。

②機嫌よさそうでいる。若いときの自分を振り返れば相手が年上である、経験者であるというだけで気後れした。ものを知らないと思われないか、過去のやり方と比べられないか、と。その居心地悪さを察し、とり除くようつとめる。

迎合する必要はないが、仕事をともにしているのがうれしいと態度で示す。自分の方が知らないことも多々あると心得、状況に応じて教えを請う。相互補完の関係になれれば理想だ。

③「外されたとき、ごねない」。フリーで活躍している人の言葉だ。契約に反するなら別だが、満了し更新されないなら「なぜ」と深く追求しない。もちろん落ち度がなかったかどうかは省みるとして。

後任者は「安心枠」頼みに飽き足らず、新しい人と組んでチャレンジしたいものなのだ。リターンは未知数だが四十点なら自分の力量で六十点まで持っていくから、百二十点出してくる可能性に賭けてみたい。前任者と同じことをしているより意欲的だと、周囲からも目されよう。それを求めるのは自然な気持ちと受け止めて、私も先へ進まねば。

④「少しずつジャンルを広げていくといい」。定年前に早期退職した人が言っていた。今の私なら趣味の俳句をもっと勉強するとか？

それを人に発信することもだいじそう。広い意味の「営業」にあたるだろうか。

⑤以下もまだまだあるはず。先輩たちに学びつつ、行けるところまで行きたい。

年を言うのも言わないのも

商店街の外れの夜道を歩いていくと、建物の前でコート姿の女性がうずくまっている。知人男性の体験である。

声をかけて近づくと八十歳くらいの品のよい婦人。「だいじょうぶ、ちょっとよろけただけ」と顔の前で手を振り笑う。いつもならこんなところで転ばない、暗くて段差が見えなかった、近頃目が悪くなってと、朗らかにして饒舌だ。

通過する車のライトに照らされ、ぎょっとした。婦人のマスク、コート、バッグに点々と血がつき、舗装路にもハンカチ大の血溜まりが。「救急車を呼びましょう」「だいじょうぶよ、ほほほ」。もともと明るい性格なのか、突然のできごとに一種の躁状態なのか。

婦人の遠慮に構わず一一九番することにし、事態の切迫性が伝わるよう「おいくつですか」と訊ねると「年を言うのは恥ずかしいから嫌」。

ほどなく救急車が到着し、婦人はひとりで乗っていった。知人の疑問は「女性はそうまで年を言いたくないものでしょうか」。難しい。

私はわりあい言う方である。隠すことはないという考えと、場の微妙な空気のため。会話していて、これはもう世代をはっきりさせた方がスムーズだなと思うことがある。相手からも同様の圧を感じ、さりとて女性に年を聞くのは失礼と、ためらっているのもわかる。そういうときは自分から「私も去年五十を過ぎて」など、さりげなく年を「発表」するようにしてきた。

しかし今後はどうしたものか。

以前セールスをしている知人女性に、化粧品をすすめられた。本人も長く使っているという。言を左右にする私に、決め球のように投げられたのが「だって私、これで六十八歳よ！」。瞬間、妥当だなとうなずきかけ、いや、ここは驚くところだろうと「えーっ、見えません」。意外そうなフリをしたのである。

それと似て、変に進んで言うと、妥当あるいは「もっと行っているか」と思った相手に、心にもない反応を強要することになりはしないか。私としては、互いの居心地悪さをとり除くつもりでも。

言うのも言わないのも気をつかう。むろん社交上の迷いであって、緊急時にはためらわず発表しよう。

流血の婦人については、知人は後日スーパーで目撃したそうだ。帽子を斜めに深く被っていたのは、切り傷の治療を受けたのだろうというのが、知人の推測。大事に至らず、ほっとしている。

熱中症に要注意

朝起きたら頭が重く、その場にへたり込みたいほどだるい。おそらくは熱中症。睡眠時の室温調節に失敗したか。風邪を引くのをおそれずに、エアコンをもっと効かせるべきだった。

新型コロナウイルスで自宅療養になったときに備え、昨年仕入れた経口補水液があったはず。取り出せば、賞味期限はとっくに切れている。在庫管理を怠ったのには「これまでどおりの対策をしていれば、感染はしないだろう」という油断があったかも。お腹を下すことより熱中症の方が怖いと、そのまま飲んだ。

保冷剤を脇の下に挟み、鼠径部《そけいぶ》にも載せ、このままエアコンの下でひっくり返っていたいが、こんな日に限って、出かけてする仕事がある。とにかく行けるところまで行こう。タクシーは揺れが吐き気を刺激しそうで、徒歩と電車で。炎天下のマスクがコロナ禍のつらさ。自動販売機があると立ち止まって外し、スポーツドリンクを摂取する。

電車は空いていて座れたのはいいが、ここではマスクを外せない。スポーツドリンクのボトルを頸部《けいぶ》に当てて、引き続き体を冷やす。向かいの七人掛けにひとり、真っ赤な顔をした女性が、流れる汗を拭き拭き、鼻だけマスクから出していて「この人も似たような危険域にあるな」と思った。

仕事先のビルの入口にある検温器では、体温は正常だ。

着いてからは逆に、マスクがゆえの楽さを知った。常ならば笑顔で挨拶し、世間話のひとつもしてコミュニケーションにつとめるところを、会話が控えられる今、黙っていてもいい、マスクで隠れるので無表情でいい。これはほんとうに助かった。

仕事そのものには集中するとしても、注意力はどこか足りていないようす。トイレでボーッと手を洗って出てきてから「いやいや、ここは念入りにすべきところだ」と気づき、戻って洗い直す。

仕事が済むと、めんつゆが猛烈に飲みたくなり、塩分を欲しているとわかる。家に帰ってうどんを作り、つゆを余さずすすり終えて、ようやく人心地ついた。

東京での五輪開催が決まったとき真っ先に思ったのは「高温多湿の夏に慣れない国から観に来る人、熱中症はだいじょうぶか」だった。パンデミック下の五輪となった今は、そんな心配すら懐かしい。

感染と熱中症、ともに充分な警戒を要する夏である。

室温調節、抜かりなく

朝起きたら熱中症になっていた日以来、寝るときの温度調節には神経をつかっている。

あの晩もエアコンは使用していたものの、効かせ方が足りなかったようだ。リビングのエアコンをかけ、寝室との間の扉を開けておいたが、不充分だった。設定を一度下げ、かつ扉を全開にしよう。

その方式で寝たところ、夜中に熱気で目が覚める。どうしたこと？　リビングのエアコンを確認すると、クリーニングのサインが点灯中。

そうだ、数年前買い替えたエアコンには、この機能があった。冷房を使うと内部に水滴ができ、放っておくとカビの原因になるため、暖房と送風により乾かす。通常は冷房を切ると作動するが、長時間使い続けると、自動的にクリーニングを始めるらしい。冷房はいったん停止、温風が約六十分間出続ける。

つけっ放しは、電気代の節約になるといわれるが、クリーニングが睡眠中に始まる可能性もあるわけで。手動に設定することもできるだろうが、それだとひと夏クリーニングしない気がする。

家にある三台のエアコンを交代で使うことにした。直接風に当たるのは避けたく、あくまでもほかの部屋のを使う「間接冷房」だ。

寝る前にリビングのエアコンを切る。扉を閉めることを忘れず！（自分に言い聞かせている）。

入れ替わりに書斎のをつける。寝室との間の扉を、うっかり閉めないように！

朝起きたらリビングのをつけ、書斎のを消す。六十分間は立ち入らず、リビングでできる仕事を。

温風がおさまったら、寝室のエアコンをつけ書斎を冷やす。ただし寝る六十分前には消す！

いやー、寝るってこんなに気の張ることだったか。前の夏に東京二十三区で熱中症により亡くなったケースの三割が、夜間だそうだ。いわば毎晩が命がけである。

若いときはもっと無頓着だった。学生時代なんてそもそもエアコンを持っていなかった。四十年前とは夏の暑さが違うのだろうし、自分の体もまたしかり。高齢者はもともとの水分が少なくなる上、暑さを感じるセンサーが衰えてくるという。そのぶん頭で補っているわけだが、この注意力をいつまで維持できるのか。

高齢者施設に入居すれば全館空調なのだろうか。それだと熱中症の不安はなくなるけれど、ホテルみたいに寒すぎるとつらい。

エアコンにも心揺れる年頃である。

予約は瞬殺

新型コロナウイルスのワクチンに関する近況を、メールに書き添える人が五月から増えた。従来なら「今日から冷房を使い始めました」といった時候の話に代えて「接種券が来ました」など。こういうことが挨拶代わりになろうとは。

当初は予約のたいへんさ。やがて「一回目打ちました」「接種した方の腕が少々痛い」など、受けた報告に変わり、年齢層も下がってくる。

仕事で会った女性も二回目を済ませたという。大規模接種センターへ行ったところ、ちょうど空いた時期に当たったらしく、会場はガラガラ。到着の十分後には完了していたそうだ。

年の近い人に体験談を聞くと、自分もそろそろかという気がしてくる。接種券の発送は年齢区分の上から順。私は誕生日との関係で、六十歳以上と五十九歳以下どちらになるか微妙だが、なんとなく期待し郵便受けを覗くようになった。

それらしい封筒が来たら住民税のお知らせだったというフェイントを経て、六月末に届く。自治体の集団接種、クリニックでの個別接種、ともに七月初旬の某日、予約開始とのこと。副反応が出ても影響の少ない日をいくつか候補に定め、当日着ていく肩の出しやすい服装も決め、集団接種のネット予約に備える。

朝八時半の開始直後はたぶんつながりにくい。そろそろ落ち着いたかと九時頃ログインすれば「えっ」。全会場、空きなし。そういうもの？

個別接種に切り替え、かかりつけのクリニックに電話すると、ワクチンの供給が不安定なため受付停止、入るのは九月下旬かとのこと。そういう事態になっているのか！

ほかのクリニックや、両隣の自治体にあるクリニックのホームページまで見てみたが、受付停止。更新日はいずれも七月初旬であった。

企業や大学でも接種が始まり、加速したのが六月下旬。ここへ来て部分的にブレーキがかかったらしい。職域と自治体ではワクチンの製造会社が異なるものの、後者を前者に活用をとの提言も報じられ、供給に余裕があるかのような印象を持ってしまっていた。私ってホント、機を見るに鈍。

次の予約開始日にはスマホを握りしめて待機し、八時半にログインしたが、全滅。よく人気コンサートのチケットが発売と同時に「瞬殺」というのは、このことか。

当面は「自家製」の免疫力で行くほかない。

近くて遠い五輪

年上の知人には東京育ちで、子どもの頃の五輪の記憶を持つ人がいる。わが町に五輪が来るとはどんな感じか、招致の決まった頃、聞いてみた。ある女性は競技場の近くに住んでおり、小旗を振る役に動員されたと。ある男性は、昭和の子どもの常としてよれよれのランニングシャツを着て、家の前の道で遊んでいたら「海外のお客さんを迎えるのだからもっといい服を着なさい」と通りがかりの紳士に諭されたそうだ。

記録には残らないだろう市民の日常を、令和の五輪についてもスケッチしておきたい。

延期が決まって以降、五輪は遠い存在だった。東京ではまん延防止等重点措置と緊急事態宣言が繰り返し出され、いつからが何だかわからないほど。同じ名称でも要請の内容が少しずつ変わり、理解し対応することで頭がいっぱいだった。

身近になったのは、住む町の公園におけるライブサイトの中止を求める動きが起きてからだ。そもそも会場に予定されていたことに驚く。都のホームページによれば「感動と興奮を共有できる場所」。イメージ図上で大画面に向け、等間隔に並んでいる点が椅子らしい。興奮しても立ち上がらず、距離を保ち、かつ声を出さずに共有する？　たいへんな自制心が求められる。飲食コーナーや競技体験コーナーも設けられるとのこと。飛沫や密は避けられまい。会場の外では飲食や運動に、さまざまな制約が課せられているのに。

駅から公園への道は狭く、週末は人が滞留する。桜の季節は特に混雑し、隣接の住宅地ではその期間だけ親戚の家などに身を寄せる「花見引っ越し」なる言葉もあるほどだ。このままでは「五輪引っ越し」が起きるかと思っていたところ、開催の三十四日前に中止。代わりにワクチン接種会場とする方針が示されたが、その後接種の予約受付そのものが停止した。

観客のため終電を繰り下げると報じられたが、それも一転して無観客に。「ステイホーム五輪」が呼びかけられている。五輪競技のひとつロードレースに関連し、郵便受けにチラシが入っていた。家の前の道が、ロードレースで通行を規制される道路の迂回ルートになるため、混雑が予想されると。物流も滞るだろうと、ステイホーム中の日用品などの配達を早めに依頼する。

緊急事態宣言下で始まる「安心安全」の五輪。令和の子どもたちが次世代に語る記憶はどんなものになるのだろう。

バブルのうちそと

近くて遠いオリンピックだった。バブルと呼ばれる、外部との接触を遮断する方式で行われた。

バブル内では八割以上の人がワクチンの接種を済ませ、違反者には罰則のあるルールで行動制限と監視を受けつつ、祭典に集う。一歩外は緊急事態宣言中。ワクチンの接種完了率は三割未満で、感染拡大防止は自粛に委ねられている。統治の異なる二つの都市があるかのようだ。祭典の場であるＴＯＫＹＯと、暮らしや社会経済の場である東京と。

どのように隣り合っているのか、境界はどのようなものなのか。選手村の位置するのは、銀座の先だ。

折しも私の住む自治体はワクチンの供給が滞り、国の大規模接種センターへ申し込むことを考えていた。大規模接種センターから銀座もすぐである。前例のないバブル方式でのオリンピック、ほんの少し足を延ばして、境界をこの目で見たい好奇心にかられたが「いや」と首を振る。

こういう人が街頭インタビューで「来てみたら人が多くて驚きました」と答える人になる。オリンピックの間接的影響として懸念される、人流の増加を引き起こす。

境界やその向こう側のようすは、海外から来た選手や記者がツイッターに上げる画像で見ていた。

ある国の記者はおにぎりやサンドイッチの写真を繰り返し載せた。ホテルのコンビニで買うそれらがいかに美味しいか、夜中でも売っていていかに感動したか。隔離期間の十四日間は指定の宿泊先と競技場と専用のシャトルバスのみに限られ、外食はできないのだ。

あるときツイッターを読んだ日本人からの手紙と、ともに送られてきたという新幹線の玩具の写真が載った。お礼の言葉に「歓迎されていると感じることができた」とあるのが気になった。

歓迎されるとは思っていなかったのか。開催に懐疑的な世論が報じられ、実際に厳しい行動制限の下にあればそうだろう。ルールを遵守した上で、楽しさをみいだそうとする姿勢に、心が動く。私もこの時期の開催に懐疑的なひとりだが、それとこれとは別だ。朝顔と寺社の立体カードと、回転ずしの消しゴムセットを、記者の会社の東京事務所に送る。

同様に感じた人が少なくなかったらしい。後日ツイッターに、事務所の机に積まれた封書や箱が、お礼の言葉とともに載る。覚えのある小包もその中に。オリンピックで経験した唯一の「接触」である。

今週からパラリンピックが開催される。二都物語の第二章の始まりだ。

ワクチン接種が進んできた

新型コロナウイルスのワクチン接種に、相変わらず乗り遅れている。一部の自治体への供給の遅れや四十〜五十代の「置き去り」問題が報じられているが、そのパターンにはまったらしい。接種券発送のタイミングでは、ぎりぎり五十代だったのだ。

ジムのロッカールームも、感染への警戒から水を打ったように静かだったのが、小声ながら接種にまつわる会話が聞かれるようになった。二回目は発熱がどうだったかなど。つい耳をそばだてる。住んでいるのが別の自治体？　職域で？　それとも何か知る人ぞ知るルートが？

ある人は耳鼻科の前を通りかかったら「今打てます」の貼り紙が出ていたそうだ。急に来られなくなる人がいるようで「病院にすれば薬を無駄にしたくないじゃない？」と。なるほど。ただそれは、たまたま行き当たればラッキーというべきで、探して回る性質のものではなさそう。

正規のルートにはむろんトライしている。ほぼ十日ごとの予約受付開始日は、朝いちばんに集団接種のサイトへアクセスし「瞬殺」。個別接種は、わが自治体では各医療機関へ直接申し込む方式だ。クリニックにより、また時により、かかりつけ患者に限定したり、受付を停止していたりするため、一件一件サイトを確認の上、アクセスなり電話なりを試みる。

気がつけばこのことにずいぶん時間を使っている。その間家事や仕事は手つかずのまま。日常のペースが乱されている？

「予約代行します」なるショートメールが来たときは「出た！」と思った。いかにも詐欺。予約の初期、端末操作に対する高齢者のとまどいが問題になったときもそうだった。取り残されがちな人には、つけ込む人が必ずいる。逆に言うと今の私は、つけ込まれやすい状況にあるわけで。

たしかに、どこそこの大学で接種が始まったとニュースで聞けば、羨ましいと一瞬思い、都知事の「接種してほしい」との呼びかけには「いやいや、接種させてほしい」と口に出そうに。私にはあまりない心の動き方だ。

冷静に考えれば、私の切迫度は高くない。世話する家族も、人と接する職業にもない身である。「人がしている」との理由で焦るなら、自分らしくないのでは。

日常のペースと心の平穏を保つことを第一に、ほそぼそとトライを続けよう。

長寿とインフラ

知人の住む地域で停電があったという。昼間高齢の親と家にいたら、テレビの画像が突然消え、エアコンも停止した。最高気温が三六度の日。冷えた空気を閉じ込めておくべきか、窓を開け風を通すべきか。迷ううちにも室温がどんどん上がる。このまま行くと高齢者には命とりだ。今から預けられるショートステイは？　それともホテル？　不安と焦りに汗を垂らしつつ、スマホで調べ始めたところ復旧。結果的に十分ほどで済んだが「台風で何日間も停まった人はどれほどたいへんだったか」と。ほんと、それ！

私も停電には至らなかったものの、ドキドキしたできごとがある。夜早い時間にジムから帰ると、マンションの敷地内の外灯が消えている。窓々に光があり、各戸の灯りは点いているようだ。

家に入りパソコンで原稿を修正。終えて、メールで送ろうとしたところ「インターネットに接続していません」の表示が。サポートセンターの営業時間は過ぎている。原稿の締切には間がある。明日サポートセンターに電話しよう。

固定電話兼ファクス機をふと見ると、そちらのタッチ画面にも「通話できません」の表示。ファクスも明日使えなかったら、原稿を印刷して郵送するほかないか。いずれにせよ今日できることはなく、リビングで休息する。

テレビをつけると「受信できません」。胸のドキドキが始まった。外灯の消えているのも無関係でないのでは。ほかの電気機器も、これからひとつひとつ落ちていく？

休息している場合ではない、パソコンが使えるうちに印刷しておかねば。いや、それよりエアコンが使えなくなったら。熱中症の恐怖は、先日身にしみている。わが家は一階で窓を開けられない。ビジネスホテルに退避できたとしても、何日も続くと出費が……。台風被害を受けた地域のことを、そのとき思い出したのだ。

日本の長寿は栄養事情と医療アクセスのみならず、インフラに支えられているとしみじみ感じる。「環境に依存するようではいけない」とエアコンなしで頑張った夜も十年ほど前まであったが、先日よりひどい熱中症になり、鍛えてどうにかなる時期（または段階）はもう過ぎたと悟った。

不具合はエアコンまで至らず復旧。建物の電気系統の一部のブレーカーが下りたことによるそうだ。猛暑の中、保守点検して下さるかたには、感謝するばかりである。

在宅介護に要るものは

在宅介護をしている知人の話。親がぐったりしているので病院へ連れていくと、誤嚥性肺炎を起こしていた。「少しでも食べて元気になってほしい」と、寝たままの口へお粥を運んでいたことを、医師に話すと叱られた。

それがいけない、気道へ流し込んでいたようなものだと。怖い。よかれと思ってしたことが。

私も在宅介護で、ひやりとしたことが何度もある。浴槽をまたぐ父を支える際、胴に回して抱えていた腕が滑って落としそうになったり「なんかおとなしいけど眠いのか、疲れたのか」と判断に迷ううち、血圧の低下が進行していたり。

看護のことや高齢者の生理の何も知らず、命を預かる危うさ。家族の愛はあったと思うが、安全で、本人にとって安心快適な介護を提供できていたかどうかは、かなり疑問だ。

のちに風呂に入れるのを訪問看護師さんに依頼したら、目を疑うほどスムーズで、本人も気持ちよさそうなのを見て、つくづくそう感じた。

育児を前にした人には勉強の機会がある。自治体や保健所、医療機関、育児用品メーカーなどが開く両親学級。昔で言う母親学級だ。風呂の入れ方、おむつの替え方、離乳食のあげ方。「ミルクといっしょに空気を飲み込みやすいので、ゲップを出させましょう」といったこまかなコツまで教わるとか。それに類する機会が介護にも必要では。

自宅で受講できる両親学級の動画を視聴して「これはいい」と思った。一日の何分の一が授乳時間とか平均何回おむつを替えるとか話していて、新生児のケアをする生活がどんなものか、事前にイメージできる。

介護の場合、計画的に学級へ通うことは難しくても、家にいながら後追い的にでいいから、イメージをつかめ、加えてスキルも見よう見まねで身につけられたなら。プロに委ねる選択も充分ありだが、それまでの移行措置としても、家族で支えるケースは少なくなかろう。

愛はある方がもちろんいいが、それだけではできない、知識がだいじ。後悔とともに抱く思いだ。

電球交換に苦労する

「電球が切れて、たいへんでした！」。知人のメールに首を傾げる。電「気」が切れて、エアコンが停止したなら今の時期死活問題だが、電球だったら取り替えるだけの話では？　続きを読めば、シーリングライトのカバーに手こずったらしい。なぜにああ複雑な作りなのか、昔みたいにぶら下がっているヤツの方が、見た目はイマイチでも単純でいいと、嘆く知人。

たいへんさが、じわじわと身に迫る。この頃の私は熱中症に気をとられていたが、電球の取り替えもけっして「だけの」話ではないのだ。

思い出すのはリフォーム前までキッチンにあったシーリングライト。シーリングライトは天井に直付けの照明で、ぶら下げるライトに比べ位置が高いため、光がよりよく広がることから、一九七〇年代以降家庭に普及したという。平たく丸い白のカバーが、電球を下からおおう形が主流だ。キッチンにあったのは長方形で、これが相当難物だった。

カバーの留め具は外から見えない。カバー全体を水平のまま下へ引くと、天井から数センチ離れ、中でV字型の針金のようなものが四本、カバーを吊っているようだ。

その数センチの隙間へ指を突っ込み、V字をつまんですぼめれば、カバーを外すことができそうだが、指の入りにくいこと、針金の固いこと。肩が震えるほど力をこめ、外れたかと思う瞬間、指を弾かれまた一から。

電球を交換し、カバーを元に戻す作業は、より厳しい。カバーを水平に保ち、かつ四本が揃ってはまれば、全体を押し上げられるのだが、どこかをはめれば、どこかが弾ける。両腕を上げ首を反らせて無理な姿勢をとり続ける、そのつらさ。天井画を描くミケランジェロもかくやと思った。

築年からして八〇年代の製品だろう。見た目に扱いやすさがまだついてきておらず、その後改良されたと信じたい。

リフォームで付けたのは十年持つといわれるLED。まだ交換したことはないけれど、いずれその日はやって来る。果たして自分でできるのか。電球交換はシニアに一般的な困り事らしく、有償のサービスがあり、安価なところは地域の社会福祉協議会だ。

来てくれるのがボランティアの人と知り、胸をつかれる。今人を助けていない私が、将来助けてもらおうというのは、ムシがよすぎるのでは。

電球ひとつにも、また悶々とし始める。

まさかのダニ被害

明け方、二の腕の痒《かゆ》さで目が覚めた。半分寝たまま痒み止めを塗り、眠りの続きへ。朝起きると発疹が広がっていて、その晩は痒みが眠りを妨げるほどに。私は蛾にアレルギーがある。寝ている間に換気口から侵入し、腕に止まったのだろうか。

皮膚科を受診すると、ひと目見て医師は「虫刺されに効く強い薬を出しましょう」。やはり虫か。続けて言うに「ダニは年じゅういますから」。

今、なんと？　ダニ？　あの部屋とにわかに結びつかない。

自分で言うのも図々しいが、私はきれい好きである。寝室は清潔感を旨とし、壁、床、天井とも白、布物も白かライトグレー。家にいる時間が長いこの頃は、きれい好きにさらに磨きがかかり、額絵を飾った。フランスの王室付きの画家が描いた薔薇の絵の複製だ。通販でインテリア用品を探すと、好きなものは商品名にたいてい「姫系」というワードがあり、私の趣味は姫系らしい。

うわべをきれいにするだけではない。床にしょっちゅう掃除機をかけ、気になる汚れはつど拭き取る。枕カバーやシーツもまめに洗濯。その部屋にまさかダニとは。

調べるとダニのいない家はないと言っていいそうだ。人間のフケや垢《あか》を好み、それら一グラムで三百匹は生息できるとか。風呂で清潔を保っていても、新陳代謝でフケや垢はがれ落ちよう。繁殖しやすい温度は二〇～三〇度、湿度六〇～八〇パーセント。梅雨入り以降のわが家はまさにそう。寝具には奥深く入り込み、カバー類の洗濯だけでは除去できないという。

ショック。逆によく今まで被害に遭わなかった。駆除せねば。姫系の部屋にダニは似合わない。

ベッドマットやカバーを外した枕に、掃除機を念入りにかけ、駆除と忌避の効果のある薬剤をスプレー。奥深く潜むダニを吸引するという寝具用掃除機は注文して、来るのを待っているところ。

生息や繁殖に適した条件はクローゼットも同じこと。掃除機をかけ、一般的な除湿・防虫剤を、ダニよけと記されているものに変える。「ダニ」というワードでこれほど検索したのは、初めてだ。

発疹の治まるまで数日間。パソコンにはいまだ対策用品の広告がダニの画像とともに出て、そのたびにむず痒さをおぼえている。

今シーズンも着なかった服

クローゼットの扉を開いて、全体を眺める。

今シーズンも、一部しか出し入れしていない。クローゼットの右半分にあるものは特に、まったく動かさなかった。ワンピースや丸首のジャケットなど、いわゆる改まった服だ。

基本は家で仕事の私も、行事への参列、祝い事の集まり、会食などがたまに。そういうときの服は黒をベースにしながらも、あまり地味だと不祝儀めくため、ジャケットをラメツイードやビジュー付きにしたり、ワンピースを刺繍入りにしたりする。もっとも派手なものは、黒に赤の薔薇柄のワンピースだ。

新型コロナウイルスの影響で改まった場に行くことがなくなり、それらの服は死蔵状態。かろうじて生きているのは、ストレッチが効いて働き着にもなるV字襟のジャケットくらいか。

クローゼットの左半分は、ふだん着のシャツブラウスやチュニック類。こちらも、一部しか袖を通していない。

大きな柄が似合わなくなったことは、とうに感じていた。小花やギンガムチェックといったおとなしめの柄が、年を選ばず無難なようだと。その小花すら、今シーズンはあまり手にとらず、ついつい白の無地ばかり。

気持ち的に、色、柄は「着負け」するといおうか。長引く自粛で、心理的にも萎縮癖がついてしまった感じだ。

小花でさえそうだから、黒に赤の薔薇など、とてもとても。いつのことか忘れたが、この私がよくこれを着ようと思ったものだなと、逆に驚く。

テレビに七十代、八十代の女性芸能人が、原色のツーピースや写実的な蘭の絵柄のワンピースで登場するたび「あそこまで派手なのは、ちょっと」と眉をひそめていたが、今はむしろ尊敬する。服と拮抗するだけの内的エネルギーがあるわけで。

収納の原則では、長くても二年着なかったら処分せよといわれる。原則どおり運用していいか、コロナに伴う特例措置として保留するか。

二年は長い。仮にコロナ後、気持ち的に「着負け」しないようにまでなったとしても、在宅生活で甘やかしたボディラインはどうか、懸念される。顔も二年分加齢する。その上マスク生活で弛緩しきったフェイスライン、赤い薔薇と張り合える気がしない……。

処分するか、もう一年待ってようすを見るか、迷うところだ。

心がモヤモヤするときは

穏やかそう、落ち着いていると人にいわれる。自分でもわりと安定している方と思っていた。

「そうでもないかも」と感じたのは、新型コロナウイルスの感染が拡大し始めたときだ。出かける仕事は次々中止、通っていたジムも営業休止。人との距離をとる、言葉はなるべく交わさないなど、少し前までふつうだったことが、どんどんふつうでなくなっていく。「家にいるから、書きものがはかどる、はかどる」。知人のメールに嘆息する。なんてポジティブな人。

ということは自分はポジティブになれていないのだ。もともと家にいるのが好きで、巣ごもりはしたかったことをいろいろできる絶好のチャンスなのに、なぜ？　環境の急変や、感染や先行きへの不安から、心の調子を崩している？

スマホでニュースの着信音が鳴るたびどきどきし、血圧を測ると上がっている。夜はなかなか寝つけなく、明け方四時に更新の世界の感染者数を、リアルタイムでチェックする。

ごみの収集の時間に起きられず、出せないことが二回続いて「これではいけない」と考えた。そしてついに初の緊急事態宣言。ふつうでないこの状況が当面続くのを前提に、生活リズムを立て直さねば。

振り返れば、前はジムのダンスフィットネスに通うのが生活リズムの基礎をなしていた。運動すると疲れてよく眠れるし、運動している間は頭を空っぽにできる。ジムに行けないなら部屋の一角をジム化しよう。机を片寄せスペースを作り、ユーチューブに合わせて踊った。

朝起きたら着替える。当たり前のようだが、どこにも行かず誰とも会わない日々が続くと「面倒だから構わない」となりがち。スウェットでもいいから、パジャマとは別の服にする。三食とる。これも当たり前のようでいて「支度が面倒」「食べるのすら面倒」となりかねない。外相整えば内相おのずから熟す、といわれる。内相すなわち心を整えるには、形からなのだ。

スマホの着信音は消し、情報に接する時間を限る。不安はそのことばかり考えると増幅する。頭からなくす時間が必要だ。手を動かす作業はうってつけ。壁に額を取り付けたり、伸びてきた庭木を高枝バサミで切ったりした。

心を整える術として知られるマインドフルネスの基本は「今、この瞬間」へ価値判断なしに注意を向けることと聞く。禅や瞑想が代表的だそうだが、そうした技法を身につけていなくても、集中して何かをすることで、似たような状態を作り出せるのでは。

習慣にしていることで「これはひとつの瞑想かも」と思うものがある。片脚立ちだ。コア筋を鍛えようと始めたが、実際に行うと、考え事が頭をよぎったとたんぐらつく。今は体への効果以上に、心のリセット術として行っている。一日に左右五分ずつ。畳半分のスペースでできる。

呼吸法も地味だが効く。深い呼吸をゆっくり、特に吐く息を長く。私はこれをした後で血圧を測ると、あきらかに下がっている。

心が少し落ち着いたら、自分以外のことに目を向けよう。巣ごもりで額の取り付けだの庭木の枝切りだのをできているのは、宅配便の人が届けてくれるから。その延長上にいる物流、道路の保守、電気・ガス・水道、ごみ収集、さらに後ろにいる人々を想像すれば、自分の心配ばかりしているのが恥ずかしくなる。

感謝と労《ねぎら》いの気持ちがわくとき、心も表情も少し穏やかになっているはずだ。

人付き合いで変わったこと

再開したジムでときどきいっしょになる女性と、駅前で行き合った。先生のクラスに参加するため、電車で通ってくるという。先生とは五十歳前後とおぼしき女性インストラクターだ。

選曲がいい、無理なく盛り上がれるクラス運営がいいと、ひとしきり語った後「髪を赤く染めて、豹柄のタンクトップを着ているなんて、今までの付き合いにはなかったタイプだけど」。私もまさに同様だ。

顧みれば若い頃は服装の趣味の問題が、人間関係において大きかった気がする。いわゆる「派手な人」に私は距離を置いていた。

今ほど多様性を重んじなかった時代。中学の校則は特に細かく、登下校時はシャツの第一ボタンまで留める、ソックスは白の無地を常時三つ折りにと、決まっていた。ボタンは外した方がかっこよく、ソックスも膝下半分くらいで、のり状のもので止めるのが流行っていたが、私はとりあえず規定どおりにした。

以前オリンピックに出場する選手が、公式ユニフォームのシャツの裾を出すなど、着崩しているのを見て、中学の頃の私の「派手な人」への違和感を思い出した。決まりを何が何でも守るべきとは考えないが「そんなところでムキになって自己表現するのは、かえってダサイ」と思ってしまうのだ。

高校では交換ノートをしていた女子が「ショックな」できごとを報告してきた。憧れの先輩がボンタンを持っていると知ってしまったという。ボンタンは当時のツッパリが好んではいた、太めの学生ズボン。私は書いた。人を見た目で判断するのはよくないと思う、でもボンタンを持っているのは不良だと思う……ムキになっているのはどっちだか。

学生時代はなんのかんの言って同質的な集団にいた。だから小さな違いに敏感になる。年齢的にも自己の確立期。他者とのやや過剰な差異化を通し、固めていく。

年を経て、今はとらわれなく人と付き合えるようになった。あの頃相容れなかった「派手な人」に対しても、若いときは服装による自己表現を抑圧され、周囲との摩擦も結構苦しく、今がいちばんのびのびしているのではと想像し、一方的な共感まで抱いている。

駅前で会った人が、後日知らせてきたところでは、先生は臍《へそ》ピアスをしていると。臍ピアス！

私には一生縁のないものだろうけど、先生のクラスは楽しみだ。

加圧トレーニング再開

ジムが通常営業に戻り、ダンスフィットネスに通い始めて、ふと考える。再開すべきは加圧トレーニングだ。

五十歳で始めたときの目的を思い出す。当時は介護のまっただ中、親の体を支えるためのみならず、将来の自分の介護予防のためにも筋肉の「貯金」は必要と。介護終了後、危機感がやや鈍っていたかもしれないが、六十代はその頃よりも老いに近づく。

最初の緊急事態宣言以来ずっと、加圧トレーニングから遠ざかり「貯金」は底をついた状態。一から積み立て直さねば。ダンスフィットネスに比べてきついので、再開を先延ばししていたが、ここへ来て覚悟を決めた。

一年と何ヶ月ぶりか。かつての先生はいなくなり別の人に替わっていたところにも、時の流れを感じる。

腕の付け根に専用のベルトを巻き、圧をかけ始めると「そう、これ、これ」。血圧測定のベルトの締め付けがマックスに達したときのような、しびれと重さ。きつくはあるが、懐かしい痛みだ。ダンベルを握って、肘から先を小さく上下。飛んだり跳ねたりしないのに、じんわりと汗ばんでくるのも「そう、これ、これ」だ。

「トレーニングしている私」を感じられるのがうれしく、その場で次の予約を入れた。再開までは尻込みしたが、案ずるより産むが易しである（ちょっと違うか？）。

効果はすぐ表れた。寝つきのよさだ。疲れるので朝四時五時までなんて起きていられない。緊急事態宣言中に行き着くところまで行った遅寝遅起きが、是正されてきた。

ダンスフィットネスに出ていても、鏡に映る自分の二の腕が逞《たくま》しく盛り上がる。いや、そんなに急に変わるわけはなく、おそらくは「トレーニングしている私」の高揚感が動きのメリハリにつながり、正しく曲げ伸ばしするのだろう。それすなわちダンスフィットネスにおいても筋肉を鍛えられていることで、相乗効果が上がりそう。

体組成計に乗るのが楽しみになった。ひと頃はセンサーの調子を疑った体組成計だが、このところ努力が数値に反映される。

いい気分でいたら突然、体内年齢が一歳上がった。忘れていたがこの機械、入力済みの誕生日を過ぎると、ほかの数値が不変でも、自動的に一歳老けたと判定するのだった。正確なのかどうなのか。

気にしすぎずに続けよう。

集まって祝える日まで

「そうだ、祝電を送ろう」。遅まきながら思いついた。縁ある人の卒寿を祝う会が、都内のホテルでもうすぐ催される。その人が長く率いた、俳句の会の九十周年でもあり、感染対策を充分にとって行うと、案内が来ていた。感染が収まっていたら出席しようと、着る服まで考えたが、自分のワクチン接種が間に合わず断念。欠席のはがきを出した。

そうした会ではよく祝電が披露される。数が多い方が華やぎが増すかも。

当日ホテルに届くように？　受け取る側は忙しくてたいへんそうだ。前もって会へ送る方がいいのか。思いきって先方の都合を聞くことにし、会の事務所へ電話する。

「祝賀会の件ですが……」。言いかけると「中止になりました」。絶句する。先日届いた会報にも全力準備中のように書いてあったのだ。

欠席のかたにはお知らせしていなかったと、申し訳なさそうに電話口の人。いえいえ、当然。「残念ですが、コロナが落ち着いたらぜひお祝いしましょう」。言葉を継ぎつつ、コロナ禍が始まって二年近くの間にどれだけの人が、このような声をかけ合ってきたかを思った。

実はその会、すでに一回延期になっている。一年前の今頃行うはずだったのを、感染拡大状況を受けて取り止めた。二度の中止は気の毒すぎる。卒寿とは信じられない若さの人ながら、さすがに落胆しているのでは。体に障らないとよいけれど。

そういえば前に、俳句仲間の米寿の祝いに出たこともあった。その女性の住むシニア向けマンションに招かれて。付設のレストランに、ちょっとした集まりのできるスペースがあるのだ。祝う側がご馳走になるのは気が引けたが「遠慮しない。客をもてなすのが好きなんだから」と女性を知る人。レストランはふだんから事前に言えば利用できるそうで、その人もお昼どきによく立ち寄るという。

「本当に遠慮しなくていいなら鰻《うなぎ》の日に来ようかな」。レストランの献立表を眺めて私。コロナ禍の始まりに先立つこと半年、土用の丑《うし》の日を前に。

あれからどうしているだろう。新型コロナウイルスのため訪問が制限され、さびしくしてはいまいか。家のそばの保育園を通りかかるたび、子どもにとっての二年の大きさを考えるが、八十八歳と九十歳には別の意味で大きい。

二年が大きくない人はないけれど、祝われるはずだった人の心中が、とりわけ思われる日である。

恩知らず、恩送り

その人を思い出すと、今も胸が少し痛い。最後に会ったのが五十年以上前の人だが。幼稚園の頃まで住んでいた家の、隣家の「おばさん」。年齢はわからないが白髪の交じり具合からして、若くても五十代か。ウエーブをかけた髪を黒いネットでまとめ、華美ではないが身ぎれいだった。

この家に姉と私はしょっちゅう出入りしていた。子どもはなく、文鳥とセキセイインコを多く飼っていた。いくつもある鳥かごから羽音やさえずりが常に聞こえ、家の中は明るく賑やかだ。鳥の飲む水を替えたり、餌箱の殻を吹いて取り除いたり、夫婦してこまめに小鳥の世話をする。二人の怒った顔や不機嫌そうな顔を見たことがない。

「おじさん」の仕事が休みの日曜に、遊園地や動物園へ連れていってくれたこともある。母によれば夫婦の方から、そうしてよいかとの申し出があったそうだ。「おじさん」が撮影したのだろう「おばさん」の腕に抱かれ、お祭りの飾り付けへ手を伸ばす私の写真が残っている。

私が小学校へ上がる頃、公団住宅の抽選に当たったとのことで、引っ越していった。電車を乗り継いでいくところで、隣家の頃より頻度は落ちたが、姉と私はときどき遊びにいっていた。七階の窓からの眺めが、平屋住まいの私にはめずらしかったのを覚えている。鳥かごでは小鳥たちが変わらず愛らしく鳴き、止まり木を往き来していた。

小学校の中学年からは足が遠のいた。思春期に入ると、きょうだいでも行動をともにしなくなる。家の状況もまた、父が仕事を失い住んでいた家を手放し、夫妻の知る頃の私たちではなくなっていた。

その中でも、進学で家を離れた姉は「おばさん」に連絡してみたらしい。姉が久しぶりに訪ねると「おじさん」はすでに亡く、公団住宅にひとり住んでいた。室内に鳥かごはひとつきり。年をとって世話をするのがたいへんになったとのことだ。

各家の玄関ドアは、外廊下に面して並んでいる。「おばさん」は玄関を出て、外廊下に立っていることが多いという。「通る人が話しかけてくれるから」。姉に語る笑顔は、昔どおり穏やかで、少し気恥ずかしそうだったと。

そう聞いてすぐ会いに駆けつけないのが、私という人間だ。受験期だから、進学後は生計を立てるバイトで余裕がなく、とは言い訳で、要するに過去を振り返るのが苦しく、今だけに生きたかったのだ。

家にしょっちゅう出入りしていた日々、お祭りや遊園地、動物園を、七階の外廊下で「おばさん」はどんなふうに思い出していただろう。幼い頃なついていても、縁は切れていくのだなと。温厚な「おばさん」のことだから恨むでもなく、実の子でないからそういうものだと、さびしい笑顔を浮かべたのでは。

あんなに世話になったのに、なんと恩知らずなことだろう。年齢からしてすでにこの世にいるはずはなく、もう取り返しはつかない。

濃淡の差はあれ、似たような悔いを多くの人に対して持っている。若さとは傲慢さに似て気づかなかったが、心にかけてくれていたのだな、寛容に放置してくれていたのだなと。親からしてそうだ。「孝行のしたい時分に親はなし」とは、よく言ったものである。私は間もなく還暦だが、この年になると、恩を受けた人のおおかたは故人。この頃はもう、誰が何をしてくれたという具体的なことを超え、生きていることそのものに恩を感じる。それも、戦火に追われず、整ったインフラや、思想・良心を理由に命を奪われることのない法制度の下で。世界のニュースを見ると、それがいかに恵まれたことであるかが思われ、何らかのお返しをしないと罰が当たりそうで怖い。

海外での医療支援や灌漑《かんがい》のための井戸掘りのようす、国内でも自然災害のあったところでボランティアが泥水を吸った畳を運び出している姿をニュースで見ると、体力も専門技能もない自分は、ものの役に立たないと感じる。献血も、病気のときの治療歴からできないのを知った。残るは寄附か。

ネットでよく買い物をするが、服を購入した直後の画面に「その子の売られた値段は私の着ているワンピースの値段と同じでした」といった募金案内が表示されると、落ち着かない。私はたまたまこの場所、この時代に生まれたが、私がその子だったかもしれないのだ。

その思いは、新型コロナウイルスでより切実になっている。やはりネットで「世界には手を洗う設備のない子どもたちがいます」などの募金案内が出るときだ。ウイルスが瞬く間に地球をかけ巡る中「私だけよく手を洗っているからだいじょうぶ」なんてことはあり得ない。これほど緊密に関係し合う社会で、他人事でいられる部分はいまやどれほどあるのだろう。

感染が拡大していたイギリスで、九十九歳の男性が話題を呼んだ。百歳の誕生日までに、歩行器につかまり自宅の庭を百往復する目標を立て、そのようすを動画で流し、医療従事者への寄附を募ったのだ。がんや骨折の治療を受けており、そのお礼の気持ちからとのこと。共感を呼び、目標達成までのひと月足らずの間に日本円にして約四十七億円が集まったという。

趣旨からしても、集まった金額の規模、共感の広がりからしても、過去に受けた恩へのお返しにとどまらない、同時代への、そして未来への恩返しといえそうだ。

「恩送り」という言葉があるのを最近知った。受けた恩を、それを施してくれた人とは別の人へ渡していく。「おばさん」が隣家の私たちによくしてくれたのには、子のないさびしさを満たすためではなく、そうした動機があったのではないか。贖罪《しょくざい》に似た私の寄附も「恩送り」と呼べるものかもしれない。

あとがき

「ふつうでない時」がこうも長引くとは思わなかった。令和二（二〇二〇）年一月十五日に国内で最初の感染者が確認された新型コロナウイルスは、気温や湿度が高くなれば勢いが止まるのではとの期待を裏切り、翌年の秋まで第五波を数え、冬が深まってからの第六波が警戒されている。この間東京は、緊急事態宣言の発出、延長、再延長、緊急事態宣言が出ていないときもまん延防止等重点措置がとられ、いつが「ふつう」の時であったかわからなくなるほどだ。本書にも緊急事態宣言が何度も出てきて、わかりにくかったであろうことをお許しいただきたい。令和二年の四月七日からが一度目、令和三年は一月八日からの二度目に始まり四度目までが発出された。

この間世の中をおおっていた気分をひとことで表せば、モヤモヤだろう。

感染拡大初期は、未知のウイルスそのものへの緊張感がまさっていたように思う。長引くにつれ、ウイルスのもたらすダブルバインド的な状況がこたえてくる。感染抑制と社会経済活動の維持は、二律背反の関係にある。自粛疲れというのは軽すぎる。命や精神の健康にかかわる選択をし続ける重圧からの疲れである。

ダブルバインド的な状況は、為政者から逆方向のメッセージを受け続けることでも倍加した。感染拡大防止のため、県をまたぐ移動を控えるよう求められたのが一転、税金で補助するから旅行をせよと？ 国をまたぐイベントは推進すると？ 令和二年に展開されたＧｏ Ｔｏトラベルキャンペーン、令和三年に行われた東京五輪だ。それぞれに実施の理由はあるのだろうが、極端から極端に振れすぎて、しかも矛盾を解くための説明はなされない。

五輪にいたっては、観客は入れます、ただし飲食せずまっすぐ帰って下さい↓観客を入れるのをやめました、会場でアルコールは提供します↓提供はやめました、集まって応援し感動を共有する場を設けます、ただし距離をとって座ったまま静かに拍手して下さい↓設けるのをやめました。することが支離滅裂で、言ってはすぐ取り消すことの繰り返し。「朝令暮改」という高校の漢文で習った熟語の示すところを、現代の自分の国で見ることになった。百年に一度のパンデミック、生きている人のほとんどが初めて遭遇する事態だから、手探りになるとは承知しつつも、人の心の動きに即したメッセージの発し方が必要であると、考えさせられる。「隣の他県」で述べたことだが、いまいちどここに記したい。

課題や検証すべきことの多い二年間。その視点を持ち続ける一方で、前著『ふつうでない時をふつうに生きる』のあとがきに記した「自分はどうするか、自分にできることは何かといった問いの上に立たない論評」への戒めも、忘れずにいなければ。

本書に収めた文章は主に、令和二年秋から一年間かけて新聞・雑誌に発表した。これも前著に述べた立場だが、活字には同じ時を生きる人との共有のほか、書き残すという機能もある。

長引くパンデミック下のモヤモヤの中、心をなるべくスッキリ保ち、非常時における平常を模索した一市民の記録として、パンデミックが過ぎた後振り返るよすがとなれば、幸いである。

二〇二一年十一月

岸本葉子

初出一覧

断捨離しすぎ	「原子力文化」二〇二〇年一一月号（一財）日本原子力文化財団
週一回のスーパーに	「日本経済新聞」人生後半はじめまして　二〇二〇年一〇月八日夕刊
長尺、シングル、無地、香りなし	「徳島新聞」ありのままの日々　二〇二一年四月二五日
移動しなくて済むけれど	「原子力文化」二〇二〇年一二月号（一財）日本原子力文化財団
狙われる在宅	「くらしの知恵」二〇二一年一月号　共同通信社
固定電話にかかるのは	「日本経済新聞」第二部　人生後半の先輩たちへ　二〇二一年五月二七日
ウェブカメラの向こう側	「日本経済新聞」人生後半はじめまして　二〇二〇年一一月二六日夕刊
思った以上に疲れている	「日本経済新聞」人生後半はじめまして　二〇二一年一〇月二二日夕刊
体の機嫌をうかがいながら	「日本経済新聞」人生後半はじめまして　二〇二〇年一一月五日夕刊
口の栓を固めに締めて	「くらしの知恵」二〇二〇年一二月号　共同通信社
診療所、緊急ボタン付き	「日本経済新聞」人生後半はじめまして　二〇二〇年一〇月二九日夕刊
備えとストックどうしよう	「日本経済新聞」人生後半はじめまして　二〇二〇年一〇月一日夕刊
「前もって」の習慣	「日本経済新聞」人生後半はじめまして　二〇二一年三月一八日夕刊
届いた品は組立式	「くらしの知恵」二〇二一年六月号　共同通信社
表情じわが深くなる	「徳島新聞」ありのままの日々　二〇二〇年一〇月二五日
「もったいない」の空回り	「くらしの知恵」二〇二一年一〇月号　共同通信社
しばらく様子見	「徳島新聞」ありのままの日々　二〇二〇年一一月二二日
換気の車内に	「原子力文化」二〇二一年一月号（一財）日本原子力文化財団
ちょっとずつ無理していた	「徳島新聞」ありのままの日々　二〇二〇年一二月二七日
久しぶりの全顔メイク	「日本経済新聞」人生後半はじめまして　二〇二〇年一二月一七日夕刊
いつもと同じ飾り付け	「日本経済新聞」人生後半はじめまして　二〇二〇年一二月二四日夕刊

目標を立てる	「日本経済新聞」人生後半はじめまして　二〇二一年一月七日夕刊
非接触性の老化	「日本経済新聞」人生後半はじめまして　二〇二一年二月二五日夕刊
消毒液が手にしみる	「くらしの知恵」二〇二一年二月号　共同通信社
こんなときこそお取り寄せ	「くらしの知恵」二〇二一年四月号　共同通信社
LINE（ライン）を始める	「くらしの知恵」二〇二一年五月号　共同通信社
端末操作はほどほどに	「日本経済新聞」人生後半はじめまして　二〇二一年一月一四日夕刊
検索しすぎ	「日本経済新聞」人生後半はじめまして　二〇二一年一月二一日夕刊
バージョンアップを迫られて	「日本経済新聞」人生後半はじめまして　二〇二〇年一二月一〇日夕刊
私は騙される	「日本経済新聞」人生後半はじめまして　二〇二一年二月四日夕刊
写真データの消去	「日本経済新聞」人生後半はじめまして　二〇二〇年一〇月一五日夕刊
不調のモトはどこにある	「日本経済新聞」人生後半はじめまして　二〇二一年一月二八日夕刊
コツコツのできる人	「日本経済新聞」人生後半はじめまして　二〇二一年三月四日夕刊
十分の待ち時間	「日本経済新聞」人生後半はじめまして　二〇二一年三月一一日夕刊
出番のないモノ	「原子力文化」二〇二一年二月号（一財）日本原子力文化財団
思い出グッズを処分して	「日本経済新聞」人生後半はじめまして　二〇二〇年一一月一二日夕刊
ただいま第二次縮小期	「日本経済新聞」人生後半はじめまして　二〇二〇年一一月一九日夕刊
汚れをスッキリ落としたい	「くらしの知恵」二〇二一年三月号　共同通信社
あちこち拭いて光らせる	「くらしの知恵」二〇二一年八月号　共同通信社
花の下にて	「日本経済新聞」人生後半はじめまして　二〇二一年四月一五日夕刊
もう懐かしいメロディ	「日本経済新聞」人生後半はじめまして　二〇二一年四月八日夕刊
「黙」で守る	「原子力文化」二〇二一年四月号（一財）日本原子力文化財団
安全、人それぞれ	「徳島新聞」ありのままの日々　二〇二一年一月二四日
店で食べる	「原子力文化」二〇二一年七月号（一財）日本原子力文化財団

初出一覧

行かない、行けない　「原子力文化」二〇二一年五月号（一財）日本原子力文化財団
バーチャルな旅　「徳島新聞」ありのままの日々　二〇二一年三月二八日
ジワジワ長期化　「日本経済新聞」人生後半はじめまして　二〇二一年五月六日夕刊
身の回りの作業から　「日本経済新聞」人生後半はじめまして　二〇二一年五月二〇日夕刊
筋肉の貯金が底をつく　「日本経済新聞」人生後半はじめまして　二〇二一年五月一三日夕刊
オンラインで運動　「くらしの知恵」二〇二一年七月号　共同通信社
慣れてしまえば悪くない　「原子力文化」二〇二一年八月号（一財）日本原子力文化財団
ひととき熱中できたなら　「日本経済新聞」人生後半はじめまして　二〇二一年二月一八日夕刊
巣ごもりでしたいこと　「日本経済新聞」人生後半はじめまして　二〇二一年三月二五日夕刊
声帯が衰えそう　「日本経済新聞」人生後半はじめまして　二〇二一年四月一日夕刊
生活リズムが乱れてきた　「日本経済新聞」人生後半はじめまして　二〇二一年六月三日夕刊
うちごはんで痩せる　「原子力文化」二〇二一年三月号（一財）日本原子力文化財団
健康スイーツ　「くらしの知恵」二〇二一年九月号　共同通信社
価格の上下が忙しい　「原子力文化」二〇二一年六月号（一財）日本原子力文化財団
隣の他県　「徳島新聞」ありのままの日々　二〇二一年五月二三日
まだまだマスク　「原子力文化」二〇二一年九月号（一財）日本原子力文化財団
切り替えるには早すぎる　「徳島新聞」ありのままの日々　二〇二一年六月二七日
時代とズレているところ　「徳島新聞」ありのままの日々　二〇二一年二月二八日
私がキレイだった頃　「日本経済新聞」人生後半はじめまして　二〇二一年五月二七日夕刊
六十歳になる　「日本経済新聞」人生後半はじめまして　二〇二一年六月一〇日夕刊
生命保険の受取人　「日本経済新聞」第二部　人生後半の先輩たちへ　二〇二〇年一一月二六日
遺し方いろいろ　「日本経済新聞」第二部　人生後半の先輩たちへ　二〇二〇年八月二七日
「ねんきんネット」に登録して　「日本経済新聞」人生後半はじめまして　二〇二一年六月一七日夕刊

家計簿アプリの利用　「日本経済新聞」人生後半はじめまして　二〇二一年七月八日夕刊
初めての自費出版　「日本経済新聞」人生後半はじめまして　二〇二一年六月二四日夕刊
役所で地域デビュー　「日本経済新聞」人生後半はじめまして　二〇二一年七月一五日夕刊
長く働き続けたい　「日本経済新聞」第二部　人生後半の先輩たちへ　二〇二一年二月二六日
年を言うのも言わないのも　「日本経済新聞」人生後半はじめまして　二〇二〇年一二月三日夕刊
熱中症に要注意　「日本経済新聞」人生後半はじめまして　二〇二一年八月五日夕刊
室温調節、抜かりなく　「日本経済新聞」人生後半はじめまして　二〇二一年八月一二日夕刊
予約は瞬殺　「日本経済新聞」人生後半はじめまして　二〇二一年七月二九日夕刊
近くて遠い五輪　「徳島新聞」ありのままの日々　二〇二一年七月二五日
バブルのうちそと　「徳島新聞」ありのままの日々　二〇二一年八月二二日
ワクチン接種が進んできた　「日本経済新聞」人生後半はじめまして　二〇二一年八月一九日夕刊
長寿とインフラ　「日本経済新聞」人生後半はじめまして　二〇二一年八月二六日夕刊
在宅介護に要るものは　「日本経済新聞」第二部　人生後半の先輩たちへ　二〇二一年八月二七日
電球交換に苦労する　「日本経済新聞」人生後半はじめまして　二〇二一年九月二日夕刊
まさかのダニ被害　「原子力文化」二〇二一年一〇月号（一財）日本原子力文化財団
今シーズンも着なかった服　「日本経済新聞」人生後半はじめまして　二〇二一年九月九日夕刊
心がモヤモヤするときは　「ＰＨＰからだスマイル」二〇二一年七月号　ＰＨＰ研究所
人付き合いで変わったこと　「日本経済新聞」人生後半はじめまして　二〇二一年四月二二日夕刊
加圧トレーニング再開　「日本経済新聞」人生後半はじめまして　二〇二一年七月一日夕刊
集まって祝える日まで　「日本経済新聞」人生後半はじめまして　二〇二一年九月一六日夕刊
恩知らず、恩送り　「大望」二〇二一年二月号　天理教青年会

本書は初出原稿に加筆修正した。

装画　オオノ・マユミ
装幀　中央公論新社デザイン室

岸本葉子

1961年鎌倉市生まれ。東京大学教養学部卒業。エッセイスト。会社勤務を経て、中国北京に留学。著書に『がんから始まる』(文春文庫)、『エッセイの書き方　読んでもらえる文章のコツ』『捨てきらなくてもいいじゃない?』『生と死をめぐる断想』『50代からしたくなるコト、なくていいモノ』(以上中公文庫)、『50代、足していいもの、引いていいもの』『人生後半、はじめまして』『ふつうでない時をふつうに生きる』(以上中央公論新社)、『50歳になるって、あんがい、楽しい。』『50代の暮らしって、こんなふう。』『50代ではじめる快適老後術』(以上だいわ文庫)、『50代からの疲れをためない小さな習慣』(佼成出版社)、『週末介護』(晶文社)、『ひとり老後、賢く楽しむ』(文響社)、『俳句、はじめました』(角川ソフィア文庫)、『岸本葉子の「俳句の学び方」』『NHK俳句　あるある!　お悩み相談室「名句の学び方」』(共著)(以上NHK出版)、初の句集『つちふる』(角川書店)など多数。

モヤモヤするけどスッキリ暮《く》らす

2022年1月10日　初版発行

著　者　岸《きし》本《もと》葉《よう》子《こ》
発行者　松田陽三
発行所　中央公論新社
〒100-8152　東京都千代田区大手町1-7-1
電話　販売 03-5299-1730　編集 03-5299-1740
URL　http://www.chuko.co.jp/

DTP　今井明子
印　刷　図書印刷
製　本　大口製本印刷

Printed in Japan　ISBN978-4-12-005491-4　C0095

岸本葉子＊好評既刊

50代、足していいもの、引いていいもの

やるべきことは「捨てる」ことではなく「入れ替える」でした！　モノの入れ替え、コトを代えて行うなど新たなスタイルを提案します。

人生後半、はじめまして

心や体の変化にとまどいつつも、今からできることをみつけたい。新たな出会いや意外な発見！　未知なるステージへ期待も？　そんな思いを和やかなエピソードで綴ります。

50代からしたくなるコト、なくていいモノ

今だから、わかる。なりたかった私。今からなら、できる。悔いのない日々への準備。確かな自分の生き方をみつけるヒントが満載！

〈中公文庫〉

エッセイの書き方
読んでもらえる文章のコツ

エッセイ道30年の人気作家が、スマホ時代の文章術を大公開。起承転結の転に機転を利かし自分の「えーっ」を読み手の「へえーっ」に換える極意とは？

〈中公文庫〉

捨てきらなくてもいいじゃない？

何を捨てたらいいかわからない？　ココロとカラダの変化にあわせてモノに向き合い「持ちつつも、小さく暮らせる」ライフスタイルを提案。

〈中公文庫〉

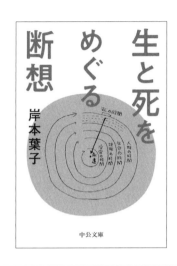

岸本葉子＊好評既刊

ふつうでない時をふつうに生きる

外出制限、リモートワークにとまどう毎日。日常を見直し、自分のペースを発見するチャンスかも？　変化に応じても、ぶれない心の持ち方を提案します。

〈単行本〉